賞讀書信一‧

古典詩詞花園（增修版）

唐至清代繁花盛開一一五首

夏玉露 著

目次

唐

五代十國

目次

目次

北南宋之交

南宋

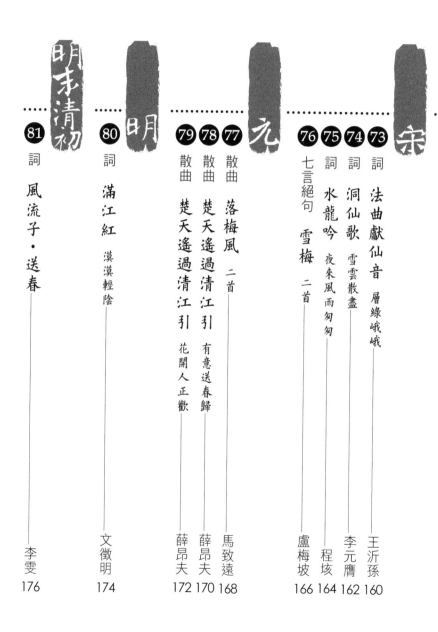

目次

體例說明

一 排序 本書介紹之詩詞係按作者出生年排序，出生年不詳的作者之作品，則排在該時代的最後面。但同一作者的詩詞排序並非創作順序。

二 注釋 為免注釋編號影響賞讀，在詩詞裡不加注釋編號，而是在注釋處註明詞彙所在行列，供讀者對照閱讀。

三 詩詞版本 詩詞流傳久遠，且手工抄錄難免有失誤，少部分用字會有多種版本；在字意注釋上，各家亦有不同看法。因考據訓詁非本書用意，僅擇一解釋，或有疏失之處，尚祈見諒與指教。

賞讀書信一・

古典詩詞花園（增修版）

唐至清代繁花盛開一一五首

① 感遇

蘭葉春葳蕤

張九齡

蘭葉春葳蕤，桂華秋皎潔。
欣欣此生意，自爾爲佳節。
誰知林棲者，聞風坐相悅。
草木有本心，何求美人折。

張九齡（673～740）字子壽。出身官宦世家。登進士第後，多次入京當官又被調派至地方，曾任中書侍郎、中書令、右丞相、宰相等職，後因舉薦不稱職之罪被貶。為官直諫敢言，參與開元之治。人稱曲江公。

—注釋—

一行—**葳蕤**：枝葉繁密，草木茂盛。／**桂華**：桂花。／**皎潔**：光明潔白。

二行—**欣欣**：草木興盛繁榮的樣子。／**生意**：生命力、生長發育的活力。／**自爾**：自然而然。／**佳節**：美好的節日。

三行—**林棲者**：棲息在山林間的人。／**坐**：深深，或因而。／**悅**：喜愛。

四行—**本心**：天性、天性。／**何**：豈，怎麼。

＊賞讀譯文請見二〇八頁

感遇

江南有丹橘

張九齡

江南有丹橘，經冬猶綠林。
豈伊地氣暖，自有歲寒心。
可以薦嘉客，奈何阻重深。
運命惟所遇，循環不可尋。
徒言樹桃李，此木豈無陰。

—注釋—

二行—**豈**：難道。／**伊**：指江南。／**歲寒心**：即耐寒的特性，比喻堅貞不屈的節操。

三行—**薦**：呈獻。／**嘉客**：佳賓、貴賓。／**奈何**：為何。／**重深**：指險阻多而大。

四行—**循環**：事物周而復始的運轉或變化。

五行—**徒**：只、僅。／**樹**：種植。／**此木**：指丹橘。／**陰**：黑暗、陽光照不到的地方。

*賞讀譯文請見二〇八頁

明晴：

真沒想到在相隔十多年後，我們會在國中同學婉怡的婚禮上重逢，也沒想到妳竟然已經結婚，還有個可愛的小女娃了。我們當初那麼要好，就算同班，幾乎天天見面，還是經常寫信給彼此，怎麼國中畢業後就不知不覺失去聯絡了呢？好想再回到從前。

我突然想起，我們以前對文學都很熱衷，曾經一起投稿參加唱片公司舉辦的歌詞徵選活動，還買了一套書商到學校推銷的古典詩詞全集，卻從來沒有花時間好好讀它，後來也都沒有走上文學這條路。

我有個想法，我們一起來讀這些詩詞，好不好？但若是按順序一首首讀下來，實在有些無趣。不如就設定一個主題，挑選與主題相關的、自己喜歡的詩詞與對方分享，在賞讀詩詞的同時，我們也順便聊一聊這十多年來的生活經歷和感觸，補足這些年的友誼空缺，妳覺得怎麼樣呢？

我想，先以「花園」為主題吧。只要是與花草樹木相關的詩詞，不管是主題或詩句裡有提到，都可以。反正這也不是嚴肅的論文報告，只要讀得開心就好。賞讀的角度也不必設限，畢竟無論是詩詞、小說、電影或動畫等藝術創作，在完成之後，就擁有了自己的生命，讀者或觀者會怎麼感受它、評論它，都是作者無法主導和掌控的。因自身經歷不同，會有所感的地方也不同，就以開闊自由的心來賞讀詩詞吧。或許，在讀完與花園相關的詩詞後，我們還可以再選讀跟天空、風景之類相關的詩詞。

說來好笑，我雖然是在鄉下長大，卻因家裡開百貨行，根本沒有接觸田野的機會，反而是來到臺北後，因緣際會才開始認識到植物的美好，現在很著迷於研究花，不僅買了各種賞花圖鑑，也在套房的小窗臺上，種了很多賞花植物。

就由我先來吧，我選讀張九齡〈感遇〉十二首的其中兩首，這是他被罷相後藉詠物來抒懷的詩，展現出一種「相信自己的才華與能力不輸他人，就算不被賞識也無損存在價值」的態度，以及隨遇而安的心情。

我想，這是要經過大風大浪才能累積出的堅強吧。一般人的自信都不是憑空生出的，而是要經過一次又一次被他人肯定，才會慢慢相信自己真的有某種天賦才華。希望有一天我也能擁有這樣的堅強。

期待收到妳的回信。

真希・三月

❷ 庭橘

孟浩然

明發覽群物，萬木何陰森。
凝霜漸漸水，庭橘似懸金。
女伴爭攀摘，摘窺礙葉深。
並生憐共蒂，相示感同心。
骨刺紅羅被，香黏翠羽簪。
擎來玉盤裏，全勝在幽林。

孟浩然（689～740）
襄陽人，世稱孟襄陽。曾隱居，也曾遊歷各地。四十歲時應進士不第，曾短暫擔任張九齡的幕僚。終生為布衣，無正式官職。

注釋

一行─**明發**：天亮。／**群**：眾多。／**何**：多麼，表示程度。／**陰森**：樹木繁茂而濃密。
二行─**漸漸**：流淌的樣子。
三行─**攀摘**：伸到高處摘取。／**窺**：偵視、探測。／**礙**：掩蔽。／**深**：茂盛、茂密。
四行─**憐**：喜愛，疼惜。／**共蒂**：同一個蒂頭。
五行─**骨**：指枝幹。／**羅**：質地輕軟的絲織品。／**被**：披巾。／**翠羽簪**：一種結合金屬工藝和羽毛工藝的髮簪。
六行─**擎**：持、拿。／**幽林**：幽深茂密的樹林。

＊賞讀譯文請見二〇九頁

真希：

很高興收到妳的來信。我也很懷念國中歲月，那時的我們都帶點天真，常說些現在想來都會臉紅的夢話。如今，我們都三十歲了，人生的許多可能性已逐一被劃掉。不過，也許只有我是這樣，考進鄰鎮的農會，負責推廣休閒農業，如果沒有意外，應該會一直做到退休；至於在DF動畫臺當編導的妳，說不定還會跳槽或是轉換跑道。另一半是什麼樣的人，對後半輩子的生活也有很大的影響，對未婚的妳而言，這還是個未知數。

我選讀孟浩然的〈庭橘〉。「凝霜漸漸水，庭橘似懸金」，讓我的腦海裡浮現了霜水從橙黃的橘子頂端，順著果實的圓弧曲線往下滑落的畫面，而「女伴爭攀摘，摘窺礙葉深」，則讓我想起上次帶女兒到柑橘園採橘子的情形，為了找到又圓又大的橘子，可是費了好一番工夫。我的娘家雖然務農，卻是以栽種各種葉菜和瓜果為主，所以我特別帶女兒去體驗不同的採果樂趣。至於「攀來玉盤裏，全勝在幽林」，恰巧跟張九齡〈感遇〉（十頁）的「草木有本心，何求美人折」意境相反。我認為，大部分人都希望像這些被摘下的橘子一樣，被他人看見自己的獨特光芒，進而擁有一展長才的機會。

明晴・三月

3 古風

碧荷生幽泉

李白

碧荷生幽泉，朝日豔且鮮。
秋花冒綠水，密葉羅青煙。
秀色空絕世，馨香誰為傳。
坐看飛霜滿，凋此紅芳年。
結根未得所，願託華池邊。

李白（701～762）
字太白，號青蓮居士，有詩仙、詩俠之稱，與杜甫合稱李杜。曾供奉翰林，後漫遊各地，安史之亂時欲報效國家，做了許多嘗試，卻未能如願。

一注釋一

一行—**幽泉**：幽深隱僻的泉水。／**朝日**：早晨的陽光。
二行—**冒**：覆蓋。／**羅**：籠罩。
三行—**秀色**：秀美的容色。／**絕世**：舉世無雙，獨一無二。
四行—**坐**：徒然、平白的。／**飛霜**：降霜。／**芳年**：青春年華。
五行—**結根**：扎根。／**得所**：得到安居之地或合適的位置。／**華池**：景色佳麗的池沼。

*賞讀譯文請見二〇九頁

明晴：

沒想到妳真的回信給我，我高興得都快跳起來了！收到信時，我不禁回想起，國中時我們邊繞著操場散步邊聊天的景象，真令人懷念。

我選讀李白的〈古風‧碧荷生幽泉〉，詩中以生長在偏僻幽泉的豔美荷花為比喻，感嘆空有才華卻只能徒然凋零。這讓我想起前男友亞翔。他為了實現成為動畫大師的夢想，選擇到他外公的祖國——日本奮鬥，理由是日本的動漫產業雖然競爭激烈，卻相對完整健全。對他來說，日本就等於詩中的「華池」吧，一個充滿嶄露頭角機會的世界。

像亞翔這樣擁有明確夢想的人，總是被一股想完成什麼的內心衝動驅使著，不得不邁步向前，努力突破外在環境的重圍。他身上閃耀著光芒，看起來好像勇氣十足、堅強無比，但內心卻是充滿掙扎的。畢竟天時地利的情況不常有，在逆境中要憑藉什麼努力下去呢？那種懷疑自己的心情一定會不時浮現的。若要放棄這夢想，卻又對其他事意興闌珊，沒有一點興致，只好繼續努力下去。這樣到底算幸還是不幸呢？

這首詩也讓我想到〈野百合也有春天〉這首歌。我覺得，在山谷中兀自美麗，雖然寂寞了點，卻擁有另一種單純靜謐的幸福吧。

真希‧三月

❹ 古風

孤蘭生幽園

李白

孤蘭生幽園，眾草共蕪沒。
雖照陽春暉，復悲高秋月。
飛霜早淅瀝，綠豔恐休歇。
若無清風吹，香氣為誰發。

注釋

一行**幽園**：幽深隱僻的園子。／**眾草**：雜草、野草。／**共**：一起，一同。／**蕪沒**：掩沒。

二行**陽春**：溫暖的春天。／**暉**：日光。／**高秋**：深秋。

三行**飛霜**：降霜。／**淅瀝**：霜雪細下的樣子。／**歇**：凋零、衰敗。

＊賞讀譯文請見二一〇頁

真希：

妳跟前男友分手的原因，就是因為他要到日本發展嗎？聽說你們從高一就開始交往，還一起就讀臺北G大的多媒體動畫系，為什麼會在大學畢業後分手了？我還以為你們擁有相同的夢想，應該可以攜手共度一生的。難道，妳是為了配合他，才讀動畫系的？這實在不像是妳的作風。

〈古風・孤蘭生幽園〉的意境，跟妳選讀的〈古風・碧荷生幽泉〉（十六頁）很接近，但我認為這首詩的情緒更加沮喪低落。前一首的碧荷是「朝日豔且鮮」，這裡的蘭卻是孤獨的，而且是「眾草共蕪沒」，被雜草埋沒了。前一首裡還懷抱著希望，「願託華池邊」，這裡卻是照了「陽春暉」，仍為「高秋月」而傷懷，被賞識的日子如曇花一現般過去了。

這兩首詩所展現的態度都是：若無懂得賞識自己的他人存在，那麼自己的才華就沒有存在的意義了。但我認為，所謂的夢想與才華，他人的肯定的確重要，但「相信自己擁有獨特的價值」更加重要。總有一天，你所擁有的才華，一定會在某個意外時地發光發亮，讓他人不得不注目的。

明晴・三月

5 古風

桃花開東園

李白

桃花開東園，含笑誇白日。
偶蒙春風榮，生此豔陽質。
豈無佳人色，但恐花不實。
宛轉龍火飛，零落早相失。
詎知南山松，獨立自蕭颼。

注釋

一行——**誇白日**：向白日炫耀。

二行——**蒙**：受到、承受。／**榮**：開花。／**豔陽**：光艷美麗。／**質**：資質。

三行——**豈**：難道、怎麼。／**花不實**：開花不結果。

四行——**宛轉**：比喻光陰流逝。／**龍火飛**：龍火為東方蒼龍七宿中的「心宿」，又稱大火星。在農曆六月黃昏在正南方空中，並在七月西移而下。龍火飛指秋將至之意。

五行——**詎知**：豈知、怎知。／**蕭颼**：風吹松柏的聲音。

＊賞讀譯文請見二一〇頁

明晴：

的確，我和亞翔是因為他要去日本才分手的。也的確，我們在高中時曾夢想要一起創作動畫電影。只不過在大學這四年，亞翔更加堅定他的志向，而我則認清了自己喜歡看動畫勝過創作動畫。這樣的分歧原本不足以拆散我們的感情，只是他胸中炙熱燃燒的夢想烈焰，最終讓他如火箭般衝向日本，選擇放棄了我。

我們繼續來讀李白的〈古風〉吧！我還想選讀〈古風・桃花開東園〉。妳想當豔麗燦放一時的桃花，還是不畏寒冷的松樹呢？雖然李白似乎以松樹自比，讚賞它在風中屹立不搖、歲寒不凋的堅定品格，但我覺得像桃樹這樣依循四季開花、長葉、結果、落葉，比較貼近真實的人心變化和世間際遇。人總是會有軟弱的時候，不是嗎？

不過，李白大師也太悲觀了，特別強調花雖漂亮，卻不一定會結果。但這些無人殷勤照料的野桃樹，就算每株只長出一顆果實，也會讓人感到喜悅吧！

真希・三月

6 曲江 二首

杜甫

・其一

一片花飛減却春，風飄萬點正愁人。
且看欲盡花經眼，莫厭傷多酒入唇。
江上小堂巢翡翠，苑邊高塚臥麒麟。
細推物理須行樂，何用浮名絆此身。

・其一

朝回日日典春衣，每日江頭盡醉歸。
酒債尋常行處有，人生七十古來稀。
穿花蛺蝶深深見，點水蜻蜓款款飛。
傳語風光共流轉，暫時相賞莫相違。

杜甫（712～770）

字子美，自稱少陵野老、杜陵野客，世稱詩聖。早年漫遊各地，後因進士不第而困居長安。安史之亂後，曾任左拾遺、華州司功參軍、檢校工部員外郎，最後棄官漂泊各地。

注釋

題—曲江：曲江池，在今陝西省，因池水曲折而得名，是唐代貴族的遊賞勝地。

一之一行—**減却**：減去。／**萬點**：指落花。

一之二行—**欲盡花**：將落盡的花。／**傷多酒**：因悲傷而喝過多的酒。

一之三行—**巢**：築巢。／**翡翠**：翡翠鳥。／**苑**：指芙蓉苑，在曲江的西南，是帝妃遊樂之處。／**塚**：墳墓。／**臥**：倒臥。／**麒麟**：一種傳說中的神獸。形似鹿，有牛尾、馬蹄，頭上長獨角。在此指石麒麟。

一之四行—**物理**：事物的道理。／**浮名**：虛名。／**絆**：約束、纏累。

二之一行—**朝回**：下朝回來。／**典**：典當。／**盡**：全部、都。

二之二行—**尋常**：平常、普通。／**行處**：隨處、到處。

二之三行—**深深**：深處，或濃密之意。／**見**：顯露、顯出。同「現」。／**款款**：緩慢的樣子。

二之四行—**傳語**：寄語、轉告、傳話。／**風光**：春光。／**流轉**：運行變遷。／**相**：助詞，表示動作是由一方對另一方進行。／**違**：違背。

*賞讀譯文請見二一一頁

真希：

妳在臺北過得還好嗎？怎麼妳的來信裡總是流露出淡淡的哀傷呢？抑或是，經過這麼多年，妳仍是我所熟悉的那個多愁善感的女孩，沒有什麼改變？

另外，我也覺得納悶，妳似乎對前男友還念念不忘，既然如此，你們為什麼非得分手不可？現今的網路通訊這麼發達，臺日間的交通往來也很方便，要維持遠距離戀愛並非難事。再說，依妳的工作性質，也有可能在日本找到工作，為什麼沒想過跟他一起去日本發展呢？

我選讀杜甫的〈曲江〉二首，這兩首是意思連貫的聯章詩，一起賞讀比較有趣。其一從暮春的感傷寫起，述說世事變化無常，應該及時行樂，不要為俗名所牽絆；其二就深入描寫行樂的方式，像是盡興飲酒、沉浸各種春光之美等等。自從看過幾次大地震和風災造成的慘痛傷害後，我真心認為未來不必然存在，因此「活在當下做喜歡的事」是很重要的事，做每件事時都要有「就算在下一刻突然死去，也不會後悔」的決心。

希望妳不要沉浸在感傷裡，試著做些改變，讓自己能夠開心地活在當下。

明晴・四月

7 江畔獨步尋花七絕句

杜甫

・其一

江上被花惱不徹，無處告訴只顛狂。
走覓南鄰愛酒伴，經旬出飲獨空床。

・其二

稠花亂蕊裹江濱，行步欹危實怕春。
詩酒尚堪驅使在，未須料理白頭人。

・其三

江深竹靜兩三家，多事紅花映白花。
報答春光知有處，應須美酒送生涯。

注釋

一之一行—**惱**：煩惱。／**不徹**：不盡。／**告訴**：訴說。／**顛狂**：舉止狂亂。

一之二行—**南鄰**：南邊的近鄰。／**愛酒伴**：愛酒的同伴。／**經旬**：十天半月。

二之一行—**稠花亂蕊**：形容花開繁盛。／**裹**：指布滿、遍布。另有版本為「畏」。／**欹危**：傾斜不穩。

二之二行—**尚堪**：尚能。／**驅使**：指可驅使詩酒。／**料理**：照顧、幫助。／**白頭人**：指杜甫。

三之一行—**多事**：指花開繁盛。

三之二行—**處**：處理、安排。／**送生涯**：度過餘生。

・其四

東望少城花滿煙，百花高樓更可憐。

誰能載酒開金盞，喚取佳人舞繡筵。

・其五

黃師塔前江水東，春光懶困倚微風。

桃花一簇開無主，可愛深紅愛淺紅。

・其六

黃四娘家花滿蹊，千朵萬朵壓枝低。

留連戲蝶時時舞，自在嬌鶯恰恰啼。

・其七

不是愛花即索死，只恐花盡老相催。

繁枝容易紛紛落，嫩蕊商量細細開。

四之一行—**少城**：指成都的小城。／**花滿煙**：花團錦簇，煙霧濛濛。／**百花高樓**：酒樓名，或指在百花潭上。／**可憐**：可愛。

四之二行—**盞**：淺而小的酒杯。／**取**：語助詞，置於動詞後，表示動作的進行。／**繡筵**：精美的筵席。

五之一行—**黃師塔**：黃姓和尚所葬之塔。／**懶困**：疲倦困怠。

五之二行—**無主**：沒有主人。

六之一行—**黃四娘**：杜甫的鄰居。／**蹊**：小路。

六之二行—**嬌**：可愛柔美。／**恰恰**：指黃鶯的動聽叫聲。

七之一行—**索**：肯、要。／**盡**：完結、終止。／**老相催**：催人衰老。

七之二行—**嫩蕊**：含苞待放的花。／**細細**：慢慢。

＊賞讀譯文請見二一二至二一三頁

明晴：

關於我在臺北的生活，實在一言難盡，就話說從頭吧。上臺北之後的頭四年，我大部分時間都是跟亞翔在一起，雖然我跟亞翔各自在班上都結交了幾位聊得來的朋友，但我在心情脆弱時能投靠的對象，只有亞翔。大學畢業後，亞翔先去服兵役，接著就到日本去了，而國中和高中時期的朋友又都待在中部發展，我便一個人租套房住。進入職場後，我認識了幾位談得來的同事，不過大家都有各自的生活圈，不可能每天下班後都黏在一起。所以，我除了偶爾跟同事一起聚餐、去KTV唱歌，偶爾跟大學同學見面喝咖啡聊天之外，都是一個人獨處的。一個人看電影、一個人逛街、一個人在家，雖然有時會感到孤寂，但在大部分的時間裡，心情都是平靜的。

至於我和亞翔的事，回想起來，他是在大四那年的十二月告訴我他的決定，但我們並沒有討論接下來的事，他沒問我願不願意跟隨他去日本，我也沒問他是不是要就此分手。在那天之後，我們還是一如往常的相處。

我想，亞翔是不願意逼我做決定吧，想等我主動告訴他答案。而我一直逃避到他退伍後，才開誠布公的跟他討論。我告訴他，我想留在臺北生活，這樣才能經常回家探望爸媽；我們倆都初出社會，薪水不高，又要負擔房租，沒有太多積蓄可以花費在搭機往返臺日間；再者，他到日本後，勢必要耗費大量心力在適應環境和投入職場工作上，我不希望成為他的負擔，所以我希望他別拘泥我們的關係，盡情去做想做的事，但若需要找人吐苦水，隨時可以寫電子郵件給我，或是在線上和我聊天。不過，他到日本之後，就再也沒有跟我聯絡了。或許，他也覺得放我自由比較好吧。

這次，我選讀杜甫的〈江畔獨步尋花七絕句〉。這是他年近半百時，安史之亂後期，定居在成都浣花溪畔草堂第二年所創作的詩。杜甫從七個角度來寫獨自在江畔賞花的景象和心境，江上、江濱、東邊的少城、黃師塔前、蹊徑旁，全都開滿了花，而心情則是從惱花、怕春、報春、憐花，再到賞花、愛花、不捨花落。這是人面對美好事物時自然流露的心情吧，先是忘情迷戀於它的美好，再感傷它的急速隕落。對我來說，這美好事物就是和亞翔交往的那八、九年。只是明年春天花會再開，亞翔卻不會再回來了。

真希・四月

8 山房春事

岑參

梁園日暮亂飛鴉，
極目蕭條三兩家。
庭樹不知人去盡，
春來還發舊時花。

岑參（約 715 ~ 770）少孤貧。曾兩次出塞，在節度使幕府中任職，之後歷任虢州長史、嘉州刺史等職。世稱岑嘉州。擅長邊塞詩，與高適並稱「高岑」。

注釋

一行—**梁園**：為漢代梁孝王在河南開封所築的梁苑，在此泛指舊家宅院。／**日暮**：傍晚、黃昏。

二行—**極目**：放眼望去。／**蕭條**：寂寥冷清的樣子。

三行—**盡**：完畢。

*賞讀譯文請見二一四頁

真希：

我選讀岑參的〈山房春事〉來回應妳上封信的結尾。昔日繁華的宅院只剩下荒涼，庭樹卻每逢春天就開花。的確，花會再開，昨日卻不會再重現。寫到這裡，我的腦海裡響起了木匠兄妹所唱的〈*Yesterday Once More*〉，記得妳以前很喜歡這首歌，每次聽到時總會紅了眼眶。

但我比較喜歡披頭四的〈*Let It Be*〉，往事已矣，站在原地懊悔是沒用的，不如勇敢地做些什麼事來改變結局。要是妳真的那麼掛念前男友，為何不試著主動聯絡他呢？也許世上真有什麼命運的水流會把我們推往某個方向，但是它的流徑說不定有分岔點，不試著奮力游游看，是不會發現的。

我不是在指責妳，只是想提醒妳。因為看妳一個人在臺北那麼寂寞，就覺得有點心疼。

妳多久回家一趟？回來時，可以通知我一聲，若我們剛好都有空的話，就能見面聊聊啊。這十幾年來，要不是住在妳家附近的美卉，後來變成我的高中同學，而且交情還不錯，我才能從她那裡聽到妳的一些消息。國中同學裡，除了婉怡和美卉之外，妳還有跟哪些人保持聯絡呢？

明晴．四月

9 春思

草色青青柳色黃，
桃花歷亂李花香。
東風不為吹愁去，
春日偏能惹恨長。

賈至

賈至（718～772）
字幼鄰，一作幼幾。曾任校書郎、中書舍人、汝州刺史、岳州司馬等職，官至京兆尹兼御史大夫，卒後贈禮部尚書。

注釋

一行 **柳色黃**：楊柳在春日發嫩芽，芽為淡黃色。

二行 **歷亂**：形容花開得燦爛。

三行 **東風**：指春風。

*賞讀譯文請見二一四頁

明晴：

妳知道，我做事向來不愛勉強，只是會盡力做好該做的事。就像後來讀了第一中學、國立的G大、在臺北工作，都不是我預期中非做到不可的事，只是我剛好擅長讀書，選讀的科系又只能在臺北找到工作。所以，面對我和亞翔這段盡了力也很難有結果的感情，我不想強求。

妳和美卉等大多數同學都在同一個城鎮讀S中，實在讓我很羨慕。妳們還住在同一棟出租宿舍裡，假日時總是一起回鄉、一起返校，有很多我無法插入的共同話題。我不敢踏入妳們的圈圈，深怕身處其間會凸顯出我的孤單寂寞。我們倆是因為這樣才斷了聯絡的吧？

我有保持聯絡的國中同學，只有美卉和婉怡。美卉，是因為我們住得近，回家時總會在街上碰到，就順便聊一下近況。婉怡則是因為她讀的D中也在市內，我們經常會搭同一班公車，才會在畢業後變成好朋友。

婉怡的個性比較開朗，不像我憂慮這麼多，所以能大方跟妳們來往。若以我選讀的賈至〈春思〉來相比，面對生機勃勃的春景，婉怡是那種會被春風吹走愁緒的人，而我則是會因這片景色而引發愁恨心情的人吧。

但我不是悲觀的人，只是能坦然面對自己的脆弱。別太擔心我嘍。

真希・五月

⑩ 春興

楊柳陰陰細雨晴，
殘花落盡見流鶯。
春風一夜吹鄉夢，
又逐春風到洛城。

武元衡

武元衡（758～815）

字伯蒼。曾任監察御史、華原縣令、御史中丞、西川節度史等職，官至宰相。被刺客暗殺身亡。

—注釋—

一行—**陰陰**：指綠葉成蔭。

二行—**殘花**：將謝的花；未落的花。／**盡**：完畢。／**流鶯**：四處飛翔鳴叫的黃鶯。

四行—**洛城**：洛陽，代指故鄉。武元衡為河南人，洛陽也在河南。

*賞讀譯文請見二一四頁

真希：

這次我選讀武元衡的〈春興〉，作者在楊柳成蔭、殘花落盡的暮春，一個雨過天晴、黃鶯快樂啼叫飛翔的日子裡，因春風迎面吹來而懷念起故鄉。讀到這首詩，我在想，離鄉在外的妳，甚至妳的前男友，是不是也常有類似的心情呢？

在上封信裡，妳提到自己只是隨順境遇發展而待在臺北工作，那麼妳有沒有想過要回鄉發展，或是待在離家鄉比較近的中部城市呢？畢竟妳是為了家人，才決定留在臺灣的，不是嗎？最近這幾年很流行返鄉創業，妳沒有這樣的想法嗎？

我一直都住在家鄉附近，沒有那麼深刻的離鄉背井感受，也不太明白為何心繫家鄉卻非要待在遠方不可。如果真的在乎什麼，就應該緊緊抓住它，不是嗎？

我認為，能夠面對自己的脆弱是件好事，但妳似乎太過重視這部分，忘了自己也有堅強的一面。我相信，意志的力量是很強大的，只要有心，一定能夠改變什麼的。

明晴·五月

11 春望詞 四首

薛濤

・其一

花開不同賞，花落不同悲。欲問相思處，花開花落時。

・其二

攬草結同心，將以遺知音。春愁正斷絕，春鳥復哀吟。

・其三

風花日將老，佳期猶渺渺。不結同心人，空結同心草。

・其四

那堪花滿枝，翻作兩相思。玉箸垂朝鏡，春風知不知。

薛濤（768～831）

字洪度。八、九歲能詩。在父親過世後，入成都樂籍，成為著名歌妓。以詩聞名，曾是劍南西川節度使韋臯身邊的紅人，後因得罪韋臯而被發配邊疆一段時間。脫籍後，住在浣花溪畔，曾與元稹有過一段情，並開始製作適合寫詩的松花小箋。

注釋

其二－**攬**：採摘、採取。／**遺**：贈送、給予。／**斷絕**：形容極其悲傷。

其三－**風花**：風中的花。／**佳期**：會合之期。／**渺渺**：渺茫遙遠。

其四－**那堪**：怎麼承受。／**翻**：反而。／**玉箸**：指眼淚不斷落下，猶如白玉做的筷子。

＊賞讀譯文請見二一五頁

明晴：

先來聊聊我選讀的詩吧。我選薛濤的〈春望詞〉四首，看到這一系列充滿相思情懷的詩，妳大概又要念叨我沉浸在亞翔離去的感傷中了吧？無可否認的，這確實與我的心情相符，就算過了這麼多年，我還是會期待能與思念的人重逢。

老實說，亞翔剛離開時，我很努力的想要忘記他，不只把留有我倆共同回憶的物品全部打包，遠離我倆曾一起造訪的地方，也拒絕跟所有我倆都認識的同學和朋友見面，試圖抹去他在我生命中留下的痕跡。那段日子過得很封閉，只能用愁雲慘霧來形容。然而，我越是逃避，亞翔在我心中的身影就越是鮮明；每天有好幾次，我會把路人看成是亞翔，以為他改變心意回來了。就這樣過了大半年，我發現這些方法全都無效後，便決定坦承面對自己的心情：既然思念亞翔，就思念個過癮吧，把內心的思念全部傾倒而出後，就會好的。如今，幾年過去了，雖然我偶爾還是會冒出類似〈春望詞〉中的心情，但已經平靜很多了。

再說到回鄉發展的事，這念頭曾在我的腦海中一閃而過，但我真的不知道回鄉之後要從事什麼行業。我很喜歡現在的工作，也習慣了臺北的生活，暫時沒有改變的想法。

對了，這次的端午節連假，我會回家。不過，妳應該要忙著準備拜拜的事，沒空跟我見面吧？

真希・五月

⑫ 玄都觀桃花、再遊玄都觀

劉禹錫

・玄都觀桃花

紫陌紅塵拂面來，
無人不道看花回。
玄都觀裏桃千樹，
盡是劉郎去後栽。

・再遊玄都觀

百畝庭中半是苔，
桃花淨盡菜花開。
種桃道士歸何處，
前度劉郎今又來。

劉禹錫（772～842）字夢得。曾任監察御史，後被貶為朗州司馬，陸續擔任連州、夔州、和州、蘇州、汝州、同州刺史。與白居易同為提倡元和體的詩人。

【注釋】

題—玄都觀：位在長安城的道觀名。

一之一行—紫陌：京城的道路。／紅塵：飛揚的塵土。

一之二行—不道：不說。

一之四行—盡：全部，都。／劉郎：作者自稱。

二之一行—苔：青苔。

二之二行—淨盡：落盡。

二之三行—歸：回去。

二之四行—前度：前次。／劉郎：作者自稱。

＊賞讀譯文請見二一六頁

真希：

在這次的端午節連假裡，我應該可以空出半天的時間跟妳見面。我帶妳去一家我們正在輔導轉型的休閒農場，裡面的咖啡館剛開幕。妳在臺北，應該常去各種咖啡館，見識比我們廣，妳可以順便感受一下他們的餐點、環境和服務，並提供意見給我嗎？

另外，看到妳的上封來信，得知妳很有自覺的在面對過去的感情，我終於稍微放下心來了。我的初戀也是以失敗收場，但我只為此傷心了半年左右，不明白妳為何會放不下。不過，我仔細想想，可能是因為我和初戀對象只有交往兩年，不像妳和前男友的交集那麼深刻；要對交往八、九年的前男友完全釋懷，或許真的不是件容易的事。

我選讀劉禹錫的〈玄都觀桃花〉、〈再遊玄都觀〉，兩首詩的創作時間相隔十多年，都是劉禹錫被貶到外地後再重回首都長安時的作品。表面上看來，是在感嘆玄都觀桃花盛景的興衰，實際上玄都觀指的是朝廷，桃樹指的是當權新貴，賞花人則是攀附權勢的小人。將這兩首詩擺在一起賞讀，就算不知其中深意，也能領略其中的人事全非之意。每次我回娘家，帶五歲大的女兒到國小去玩耍時，總會有類似的感受。不過，也不全然是感傷的心情。一個地方能夠有所改變，時時有新意，總會讓人感受到一股生命力。

明晴·五月

⑬ 百花行

劉禹錫

長安百花時，風景宜輕薄。
無人不沽酒，何處不聞樂。
春風連夜動，微雨凌曉濯。
紅焰出牆頭，雪光映樓角。
繁紫韻松竹，遠黃繞籬落。
臨路不勝愁，輕煙去何託。
滿庭蕩魂魄，照廡成丹渥。
爛熳簇顛狂，飄零勸行樂。
時節易晼晚，清陰覆池閣。
唯有安石榴，當軒慰寂寞。

注釋

一行—**輕薄**：言行輕浮不莊重。

二行—**沽**：買。

三行—**連夜**：徹夜、通夜。／**微雨**：細雨。／**凌曉**：拂曉，天亮時。／**濯**：雨飄灑的樣子。

四行—**紅焰**：指紅花。／**雪光**：比喻花色。／**樓角**：高樓的檐角。

五行—**韻**：風雅、風趣。／**籬落**：籬笆，用竹條或木條編成的柵欄。

六行—**臨路**：臨行，即將出發時。／**不勝**：禁不住。／**輕煙**：比喻花的飄飛。

七行—**廡**：廳堂兩側的廂房；亦泛指房屋。／**丹渥**：深紅色。

八行—**爛熳**：光彩煥發的樣子，指花朵勃發而色彩鮮明。／**簇**：聚集、圍攏。／**顛狂**：放蕩不羈。／**飄零**：凋謝飄落。

九行—**時節**：季節、節令，在此指春季。／**晼晚**：日將西落，在此時春季即將結束。／**清陰**：清涼的樹陰。／**覆**：遮蓋。／**池閣**：池苑樓閣。

十行—**安石榴**：石榴的別名，四至八月均能開花，以夏季最盛。／**軒**：窗戶。

＊賞讀譯文請見二一七頁

明晴：

很高興能在端午節假期跟妳見上一面，好好暢談一番。也很高興能再看到妳女兒，她真的好可愛，雖然長得比較像爸爸，但舉手投足間都看得到妳的影子呢。

我選讀劉禹錫的〈百花行〉，作者從多種角度來寫春天繁花盛開的景象、人們面對美景及時行樂的景況，最後也帶有對暮春的感傷。不過，即便春逝去了，窗邊還有夏季開花的安石榴。彷佛在告訴我們，萬念俱灰中，還是有那麼一絲希望的。

我一直相信有所謂「老天爺」（也可稱之為守護天使）的存在，總覺得冥冥之中有股力量在推著我往對的方向前進。即便我深陷在無法忘記亞翔的泥沼中，仍然相信老天爺會幫助我找到出口。雖然世間無常，但我不認為老天爺是故意要折磨人們的。

我相信佛家說的「萬物唯心造」，很多困境都是導因於自己的心；只是這個「心」裡累積了輪迴多世的恩怨記憶，並不是那麼容易看清。而老天爺會幫助我們一一打開這些結，讓「心」逐漸回復清明純淨的狀態。

就算前面那些都非真理，我也想要這麼相信。我寧願相信這世界存在著「善」的終點，否則人世間的所有努力就沒有存在的必要，儘管頹喪墮落就好了，不是嗎？

真希‧六月

14 柳花詞

三首

劉禹錫

・其一

開從綠條上，散逐香風遠。故取花落時，悠揚占春晚。

・其二

輕飛不假風，輕落不委地。撩亂舞晴空，發人無限思。

・其三

晴天黯黯雪，來送青春暮。無意似多情，千家萬家去。

注釋

題**柳花**：柳絮。

其一**故**：有意、存心。／**取**：選擇。／**悠揚**：飄揚、飛揚。／**春晚**：暮春。

其二**假**：借、依靠。／**委地**：散落或委棄於地。／**撩亂**：紛亂。

其三**黯黯**：隱藏不露，不顯揚。／**雪**：指柳絮。／**青春**：春天。因春天草木繁茂呈現青綠色，故有此稱。

*賞讀譯文請見二一八頁

真希：

我那天也聊得很開心。下次回來時，要再來找我喔。

至於妳在上封信裡提到的世界觀，我也頗有同感。原來妳只是感覺起來悲觀，實際上內心是充滿正面想法的。唉，我都被妳的前幾封來信嚇到，擔心好久呢。

對了，國中同學們在說，今年夏天想開個同學會。之前曾辦過三、四次，妳都沒有出現，希望這次妳能來參加。有許多同學都很關心妳的近況呢。

我選讀劉禹錫的〈柳花詞〉三首。題名的「柳花」，並非指黃色的柳花，而是果實成熟裂開時，飄散出來的帶有白絨毛的種子，也就是柳絮。因為時節正好在暮春，漫天飛舞的白柳絮看起來就像在為春天送行。聽說木棉樹在臺北是很常見的行道樹，它的蒴果裂開後也會飄出白色棉絮，那幅景象看起來會不會跟〈柳花詞〉中的描述有異曲同工之妙呢？

說到柳樹，在古典詩詞裡最常看到的是折柳贈別的情景。因為「柳」的音近似「留」，能代表挽留和依依不捨之意，這個風俗大約源自於漢代，在古代地理書籍《三輔黃圖》中就記載：「霸橋在長安東，跨水作橋，漢人送客至此橋，折柳贈別。」

記得我們讀國中時，水池旁也種了幾株柳樹，卻從來沒有好好注意過它的花和果實長什麼樣，真是可惜。

明晴・六月

15 送春曲 三首

劉禹錫

・其一

春向晚，春晚思悠哉。風雲日已改，花葉自相催。

漠漠空中去，何時天際來。

・其二

春已暮，冉冉如人老。映葉見殘花，連天是青草。

可憐桃與李，從此同桑棗。

・其三

春景去，此去何時回。遊人千萬恨，落日上高臺。

寂寞繁花盡，流鶯歸不來。

注釋

一之一行——向：臨近、接近。／晚：將盡的。／悠：憂悶、煩憂。／哉：助詞，表示感嘆的語氣。／改：變換。／自：主動的。

一之二行——漠漠：瀰漫、分散布列的樣子。

二之一行——暮：晚、將盡的。／冉冉：緩慢行進的樣子。／殘花：殘存未落的花。／連天：與天際相連。

三之二行——寂寞：孤單冷清。／盡：完結，終止。／流鶯：四處飛翔的鶯鳥。

＊賞讀譯文請見二一九頁

明晴：

老實說，對於同學會，我總會有種「近鄉情怯」的心情，我害怕那種插不進話題的孤立感，也不想面對人事全非的情境。雖然現在大家正值盛年，聽到的應該都會是好消息，但與當年的稚嫩天真相比，歲月的刻痕實在鮮明無比，讓人不禁感嘆青春年少終究是過去了。

就像劉禹錫的〈送春曲〉三首，春天的繁花美景已消散，不會再回來了；雖然還有青草綠葉，但仍比不上花朵盛開時那般美麗。是不是詩人們所居住的中原地區四季分明，百花爭妍的景象只在春天有，不像臺灣，一年四季都有各種花卉可以欣賞，在對比之下，那種傷春的感慨才會如此深刻呢？

我知道韶光荏苒是必然的，像鴕鳥那樣把頭埋在沙子裡逃避現實，也無法改變什麼，只是忍不住想碎念一下，呵。如果時間允許的話，我會參加同學會的。只不過，到時若我覺得很不自在的話，可能會黏在妳身邊，別嫌我煩喔。

真希・六月

⑯ 早梅

柳宗元

早梅發高樹，迴映楚天碧。
朔吹飄夜香，繁霜滋曉白。
欲為萬里贈，杳杳山水隔。
寒英坐銷落，何用慰遠客。

柳宗元（773～819）

字子厚。曾任監察御史、禮部員外郎，之後被貶任永州司馬、柳州刺史。主張「以文明道」，在古文上與韓愈齊名。與劉禹錫交情深厚。唐宋八大家之一。

注釋

一行——**迴**：遠。／**楚天**：楚天：春秋戰國時期的楚國在長江中下游一帶，之後泛指南方天空。作者當時所在的永州就在楚國境內。

二行——**朔吹**：北風。／**繁露**：濃重的露水。／**滋**：增添。／**曉**：早晨。

三行——**杳杳**：遙遠渺茫。

四行——**寒英**：在寒冷中綻放的花，指梅花。／**坐**：旋即，即將。／**銷落**：凋謝。／**何用**：用什麼。／**慰**：使人心情寬適。／**遠客**：遠方的來客。

＊賞讀譯文請見二二〇頁

真希：

最近天氣真熱！雖然有點不合時宜，但我們來讀柳宗元的〈早梅〉，感受一下清涼氣息吧。

在寒冬裡盛開的梅花，向來被詩人們視為堅毅高潔的象徵。此外，大約從南北朝開始，就有折梅寄給遠方思念之人的詩句流傳下來，如〈西洲曲〉中的「憶梅下西洲，折梅寄江北」，還有陸凱〈贈范曄〉的「折梅逢驛使，寄與隴頭人」等。

這首〈早梅〉是柳宗元在永州任職時的作品。永州位在今湖南省內，在當時是南方蠻荒之地，不僅遠離京城所在地，也跟友人們相距遙遠。柳宗元先以「朔吹飄夜香，繁霜滋曉白」來讚頌早梅，同時暗喻自己的不屈品格，接著再引用折梅寄遠的典故，表露出自己遠在他方的孤寂。

對古代文人而言，功成名就的唯一方式只有踏上仕途，而仕途順遂與否、文人看待仕途的態度為何，對其作品風格的影響甚鉅。不像現今，公務員只是出路選擇之一，甚至被認為是只求安穩生活、不肯冒險、沒有理想的行為。農會的工作也被視為鐵飯碗，但我當初是因為深感農家收入不穩定，希望能夠幫助農民改善生活而報考的。雖然農民們對農會的評價不一，但至少是個能盡一己之力的地方。對我來說，算是實現一部分夢想了。

那妳呢？現在的夢想是什麼？妳真的放棄創作動畫電影的夢想了？

明晴・六月

17 紅蕉

晚英值窮節，綠潤含朱光。
以茲正陽色，窈窕凌清霜。
遠物世所重，旅人心獨傷。
回暉眺林際，摵摵無遺芳。

柳宗元

一注釋一

題一**紅蕉**：花期為夏到秋季。

一行一**晚英**：秋冬之花，指紅蕉。／**窮節**：歲末時節。／**綠潤**：指紅蕉葉。／**潤**：細膩光滑。／**朱光**：指紅蕉花。

二行一**以茲**：以此。／**正陽**：指農曆四月。指紅蕉到秋冬仍保持春夏時的顏色。／**窈窕**：美好的樣子。／**凌**：凌駕。／**清霜**：寒霜。

三行一**遠物**：偏遠地區的事物，指紅蕉。／**旅人**：客居在外的人，指詩人自己。

四行一**回暉**：夕照。／**摵摵**：指風吹葉動聲，或落葉聲。摵，音同「色」。／**遺芳**：指寒冬季節百花凋謝後遺留下來的香花芳草，如蘭花、菊花、梅花等。

*賞讀譯文請見二三〇頁

明晴：

這次，我們來讀柳宗元的〈紅蕉〉吧。這首詩雖然也是秋冬時節的作品，但一看到詩名，就有身在熱帶夏日的感覺，頗能呼應現在的炎熱天氣。

紅蕉的開花期很長，大約從農曆四月一直到九月，因此紅花綠葉的景致可以維持到接近歲末之際，也能以鮮豔的花色承受清霜的覆蓋。一如柳宗元在〈早梅〉（四六頁）中感嘆自己位處偏遠之地，在這首〈紅蕉〉裡，柳宗元拿自己與紅蕉相比，紅蕉因為是中原少見之物，因而顯得珍貴稀有，被世人看重；但被貶到外地的自己只能獨自心傷。冬天的腳步漸近，在夕陽餘暉中望向山林，幾乎看不到花朵，連紅蕉花也失去蹤影，更遑論自己的處境了。讀著讀著，詩裡散發出濃烈的、時不我予的感傷。

我會選擇放棄創作動畫電影，倒不是因為外在因素，而是實際參與動畫製作過程後，發現自己無法全心投入那必須一格格仔細繪製處理的繁瑣單調過程，只喜歡最後亮麗生動的成果，才決定從事動畫作品後端的廣宣相關工作。所以，現在的狀態對我來說，也算是實現夢想了。我們倆都從事夢想中的工作，算是幸運的人吧，真希望亞翔也是一樣。

真希・七月

18 巽公院五詠・芙蓉亭

柳宗元

新亭俯朱檻，嘉木開芙蓉。
清香晨風遠，溽彩寒露濃。
瀟灑出人世，低昂多異容。
嘗聞色空喻，造物誰爲工。
留連秋月晏，迢遞來山鍾。

注釋

一行—**俯**：俯倚。／**朱檻**：朱紅色的欄杆。／**嘉木**：美好的樹木。／**芙蓉**：指木芙蓉，為農曆九至十一月開花的落葉灌木。
二行—**溽彩**：濕潤的彩花，指芙蓉花。
三行—**異容**：各種姿容。
四行—**色空喻**：指〈般若波羅蜜多心經〉的「色即是空，空即是色」。／**造物**：一種創造、主宰萬物的力量。
五行—**晏**：晚。／**迢遞**：遠處。／**鍾**：同「鐘」。

*賞讀譯文請見二二〇頁

真希：

讀到柳宗元的〈巽公院五詠・芙蓉亭〉，讓我想到臺灣中低海拔山野常見的山芙蓉。在古典詩詞裡，芙蓉有時指的是荷花，但在這首詩裡，透過「嘉木開芙蓉」這一句，就可以明確知道柳宗元所賞的是木芙蓉。臺灣原生的山芙蓉，跟木芙蓉一樣，都是錦葵科木槿屬，開花期都在秋冬，花葉的形狀也很相似，只是常見的山芙蓉花為五單瓣，木芙蓉則多為重瓣品種。因此，在欣賞山芙蓉時讀這首詩，真是再適合不過了。

山芙蓉最特別之處，在於深粉色花苞在綻放過程中會逐漸變淡為白色，完全綻放後，又會逐漸變為深粉或紫紅色。變色的祕密在於花瓣中的花青素受溫度影響所產生的變化。

記得我第一次看到山芙蓉，是與高中好友同遊苗栗南庄時，我們還興奮地下車拍花。後來，我在臺東遇見一整片野生山芙蓉，有深粉色花苞，花瓣半捲、狀似星星的淺粉色花朵，完全綻放開來的白色花朵，縮成一團、快要凋謝的深粉色花朵，滿布在眼前這片林野，真的好美。我當然又趕快下車拍花了。寫著寫著，突然好想買幾株山芙蓉苗回來，種在院子裡。

這首詩不只在說木芙蓉的美，柳宗元也由此聯想「色即是空，空即是色」這句經文，若世間萬物都是無常虛空，造物主又為何要造出這麼美麗的東西？詩人參不透，我也無法解釋。

明晴・七月

19 戲題階前芍藥

柳宗元

凡卉與時謝，妍華麗茲晨。
欹紅醉濃露，窈窕留餘春。
孤賞白日暮，暄風動搖頻。
夜窗藹芳氣，幽臥知相親。
願致溱洧贈，悠悠南國人。

注釋

題—**芍藥**：花形類似牡丹，花色為白、粉、紅、紫或紅。花期為五月前後。

一行—**凡卉**：普通花草。／**妍華**：美麗的花。／**茲**：此。

二行—**欹紅**：傾斜的紅花。／**窈窕**：指美好。／**餘春**：暮春；殘春。

三行—**暄風**：和風，暖風。

四行—**藹**：美好、和善。／**芳氣**：香氣。／**幽**：僻靜的。／**相親**：彼此親近。

五行—**溱洧贈**：源自《詩經・鄭風・溱洧》的「溱與洧，方渙渙兮。……維士與女，伊其相謔，贈之以芍藥。」溱和洧是當時鄭國的兩條河流之名，而後句呈現青年男女打情罵俏並相贈芍藥。溱，音同「真」。洧，音同「尾」。／**悠悠**：安適自在的樣子。／**南國**：指江南。

*賞讀譯文請見二三一頁

明晴：

與芙蓉相比，芍藥的花形更加富麗。讀著柳宗元的〈戲題階前芍藥〉，就算沒能親眼看到盛開的芍藥，也能想像出它的嬌美，聞到它的芳香。芍藥的花期在五、六月，正值春末夏初時節，在百花凋謝的暮春裡兀自綻放，讓柳宗元有了「凡卉與時謝，妍華麗茲晨。欹紅醉濃露，窈窕留餘春」的感嘆，進而忘情的從白日欣賞到夜晚，並在花香瀰漫的夜裡，興起將芍藥送給某個喜歡之人的情懷。

說到芍藥，它的花葉與「花開富貴」一詞中所指的「牡丹」長得十分相似，而它們其實算是親戚，都屬於芍藥科屬，只是芍藥是草本植物，而牡丹是灌木植物。此外，中藥裡的「芍藥」就是這個芍藥，採用的是它的根部，具有養血調經、平肝止痛等功效。

最近賞讀的這幾首柳宗元的詩裡，提到的梅、紅蕉、芙蓉、芍藥等花卉，都不是在春天盛開。我本來有「原來其他季節也有花可以欣賞，詩人們為何老在傷春」的疑惑，不過仔細看資料後，發現這些詩都是柳宗元被貶至永州時的作品，永州地處南方，屬於亞熱帶氣候，四季不似中原所在的暖溫帶那麼分明，所以詩裡才會呈現出截然不同的風情吧。

真希・七月

⑳ 殘絲曲

李賀

垂楊葉老鶯哺兒，殘絲欲斷黃蜂歸。
綠鬢少年金釵客，縹粉壺中沉琥珀。
花臺欲暮春辭去，落花起作回風舞。
榆莢相催不知數，沈郎青錢夾城路。

李賀（790～816）
字長吉。多次落第不中，曾經人薦引後任奉禮郎。有「詩鬼」之稱。

注釋

一行—**垂楊**：柳樹的別名。／**絲**：昆蟲類所吐的絲。

二行—**綠鬢**：鬢髮烏黑亮澤。／**金釵客**：頭戴金釵的女子。／**縹粉壺**：青白色的酒壺。／**琥珀**：古代松柏等樹脂的化石，為淡黃色、褐色或赤褐色的半透明固體，在此指美酒。

三行—**花臺**：種花的土臺。／**暮**：衰頹的。／**回風**：旋風。

四行—**榆莢**：榆樹的果實，外形圓薄如錢幣，又稱榆錢。／**相**：助詞，表示動作是由一方對另一方進行。／**不知數**：難以計數。／**沈郎青錢**：晉代沈充鑄造的小錢。在此指榆莢。

*賞讀譯文請見二二一頁

真希：

李賀的這首〈殘絲曲〉也有傷春的意味，但詩裡不只有春離去的感傷，也有新生的喜悅，像是「老鶯哺兒」、「榆莢相催不知數」等等。我猜，妳最喜歡的應該是「落花起作回風舞」這句吧？落花隨風起舞的畫面，如夢似幻，經常出現在少女動畫裡。我最喜歡的是「沈郎青錢夾城路」這句，雖然榆莢是綠色的，掛在樹上不像蘋果、橘子那般顯眼，還是能感受到萬物欣欣向榮的氛圍。至於，「綠鬢少年金釵客，縹粉壺中沉琥珀。」則有趁著青春美好之時，盡情享樂的意涵。

關於新生，我有個很適合的消息要告訴妳：我又懷孕了，預產期是明年四月。算起來，老二跟老大相差六歲，比一般兩、三歲的差距要大些。我聽過很多人鼓勵生第二胎的說詞，都是「要讓孩子有個伴」。但我總覺得這對老二很不公平，好像他是老大的附屬品似的。所以，我等到自己真心想要再接納一個孩子時，才準備懷第二胎，也順利懷孕了。至於是男是女，我覺得都好。是男孩的話，可以體會養育男孩和女孩的差別；是女孩的話，大女兒就有玩伴了。唯一有所求的，除了身體健康之外，就是希望他們會是相處愉快的手足，而不是天生看彼此不順眼。

明晴・七月

21 嘆花

杜牧

自是尋春去校遲，
不須惆悵怨芳時。
狂風落盡深紅色，
綠葉成陰子滿枝。

杜牧（803～約853）
字牧之。曾任黃、池、睦、湖等州刺史，以及司勳員外郎、中書舍人等職。與李商隱齊名，合稱「小李杜」。

注釋

一行—**自是**：從此。／**尋春**：尋找賞花的地方。／**校**：算來。

二行—**惆悵**：悲愁、失意。／**芳時**：花開時節。

三行—**盡**：完畢。／**深紅色**：指深紅色的花。

四行—**子**：果實。

*賞讀譯文請見二二二頁

明晴：

恭喜妳啊！我想他一定會是個健康的乖寶寶。

說到這世上的手足關係，真是千千百百種。有的從小吵到大，但在重要時刻仍是彼此的支柱。有的小時候感情好，長大後卻不得不各分東西，或是因爭奪財產、各自的另一半處不來等因素交惡。能擁有兄弟姊妹，通常來說都是好事。但不管有沒有手足，自己的人生還是得自己面對，不會因為有手足就輕鬆一半的。

我遇過不少長輩認為，要讓孩子有兄弟姊妹，如此一來在遇到重要時刻，像是父母生病或過世時，就可以有分擔或商量的對象。但我總覺得，為了防範什麼事而生孩子，好像只是把孩子當成工具。人世無常，誰又能保證自己一定會比孩子早走呢？

這次，我選讀杜牧的〈嘆花〉。乍看詩名，以為又是傷春之作，但意境卻和李賀的〈殘絲曲〉有些許相似，雖然錯過了賞花的時間，還是有「綠葉成陰子滿枝」的景色可以欣賞。就像世間的所有事，沒有絕對的好壞之分，沒有唯一正確的道路，應該以更開放的心態看待。

不過，我還是滿羨慕妳的。真不知我這輩子是不是也會有結婚生子的那一天呢！

真希・八月

22 小桃園

李商隱

竟日小桃園，休寒亦未暄。
坐鶯當酒重，送客出牆繁。
啼久豔粉薄，舞多香雪翻。
猶憐未圓月，先出照黃昏。

李商隱（812～858）
字義山，號玉谿生、樊南生。父早亡，家境貧苦。因捲入牛李黨爭，仕途不順遂。與杜牧合稱「小李杜」，與溫庭筠合稱為「溫李」。

注釋

一行—**竟日**：整日。／**暄**：溫暖。
二行—**坐鶯**：鶯鳥坐在花叢間。／**當酒**：正對著酒。／**重**：指繁花壓低枝頭。／**繁**：指繁花。
三行—**啼久**：鶯鳥啼叫許久。／**豔粉薄**：花朵的顏色逐漸變淡。／**香雪翻**：指落花像散發香氣的雪片。
四行—**憐**：愛。
＊賞讀譯文請見二二二頁

真希：

李商隱的這首〈小桃園〉是很可愛的賞花詩。在乍暖還寒的時節，李商隱整日待在小桃園裡，伴著黃鶯的啼叫聲，邊飲酒邊欣賞繁花，而在「啼久豔粉薄，舞多香雪翻」，花色逐漸黯淡、落花翻飛的景象之後，並非述說傷春的感慨，而是抬頭看向讓人憐愛的、在黃昏時分高掛天空的白色上弦月，頗有活在當下的況味。

老實說，我從小到大都不是那種夢想要當新娘的女孩，總認為擁有自力更生的能力，過得開心快樂，比較重要；也曾以為自己可能一輩子都嫁不出去。沒想到，我很幸運的在年輕時就遇見對的人，很快就結婚生子，連自己都感到驚訝。不過，直到現在，我仍然不認為人一定要結婚；結婚與否，各有各的好處、各有各的精彩，我不會貶抑哪一方。所以，做決定之後，就好好享受此刻當下才能擁有的美好吧。雖然我偶爾會羨慕單身者的自由自在生活，但我擁有還算體貼的先生和可愛的女兒，又是另一種幸福。

希望妳，將來也是因為遇到想要攜手共度一生的人才結婚，而不是因為寂寞和不安而倉促做決定。雖然，就算是經過深思熟慮而定下的婚約，也可能因為種種因素而破裂，但至少婚姻路上的快樂成分會占多一些吧。別心急，慢慢來。

明晴·八月

23 朱槿花 二首

李商隱

・其一

蓮後紅何患，梅先白莫誇。
纔飛建章火，又落赤城霞。
不捲錦步障，未登油壁車。
日西相對罷，休澣向天涯。

・其二

勇多侵露去，恨有礙燈還。
嗅自微微白，看成沓沓殷。
坐忘疑物外，歸去有簾間。
君問傷春句，千辭不可刪。

一注釋一

一之一行—**患**：可怕。

一之二行—**建章**：建章宮為漢武帝建造的宮苑，在西漢末年毀於戰火。代指深紅花色。／**赤城**：山名，位在浙江。多用來稱呼土石為赤色、形如城堞的山。

一之三行—**錦步障**：遮蔽風塵或視線的錦製帳幕。／**油壁車**：古人乘坐的車，因車壁用油塗飾而得名。／前兩句皆指無人來賞朱槿。

一之四行—**休澣**：澣同「浣」，音同「緩」。唐代的官吏十天休息一次，每月分上浣、中浣、下浣。休澣指官吏的例行休假。／**天涯**：天邊，指遙遠的地方。

二之一行—**恨**：遺憾、悔恨。／**礙燈**：即「礙夜」，指深夜。／**看成**：看到。

二之二行—**沓沓**：多而雜。／**殷**：黑紅色。

二之三行—**坐忘疑物外**：坐到物我兩忘。／**間**：處所。

*賞讀譯文請見二二三頁

明晴：

李商隱的〈朱槿花〉二首，倒是跟〈小桃園〉（五八頁）有著截然不同的心情。朱槿花就是大家熟知的扶桑花，記得小時候經常摘下路邊的朱槿花，剝去它的花瓣後，再把底端黏黏的白色花蕊黏在鼻子上，但在黏好之後玩些什麼呢？我已經完全記不得了。朱槿在臺灣是很常見的樹籬植物，幾乎全年都會開花，而主要的盛花期則是從五月到十月。也許是因為一年到頭都會看到朱槿花，早就習以為常，我完全沒注意到它是朝開暮謝，而且初開時顏色偏淡白，然後逐漸變為朱紅色，最後再轉為淺紅花朵。直到讀〈朱槿花〉二首，我才知道它有這樣的特性。

在這兩首詩裡，李商隱都用了一整天在欣賞朱槿花，也都提到它的花色變化。其一著重在朱槿花的普遍性讓它的美貌不被珍惜，其二則是強調朱槿花的朝開暮謝讓人感傷，似乎在某種程度上對應到自身的仕途際遇。

李商隱處在安史之亂後，牛、李兩黨掌控朝政的年代。最初，他受到牛黨令狐楚的器重，但在令狐楚過世後不久，他娶了李黨王茂元之女為妻。他與妻子感情深摯，卻始終得不到牛黨人士的諒解，一生多是擔任中央的低階官職或地方官的幕府，沒有出頭天的機會。讓人不禁感嘆，果真是魚與熊掌不能兼得嗎？愛情和自我實現只能擁有其中一種幸福嗎？

真希・八月

24 落花

李商隱

高閣客竟去，小園花亂飛。
參差連曲陌，迢遞送斜暉。
腸斷未忍掃，眼穿仍欲歸。
芳心向春盡，所得是沾衣。

注釋

一行—**高閣**：高大的樓閣。／**竟**：全、整。

二行—**參差**：指花朵先後飄落。／**曲陌**：彎曲的小路。／**迢遞**：遙遠。／**斜暉**：傍晚西斜的陽光。

三行—**腸斷**：比喻極度悲傷。／**眼穿**：望眼欲穿，形容殷切盼望。／**歸**：指花朵重回枝頭。另有版本為「稀」。

四行—**芳心**：指花，也指看花的心意。／**盡**：完結，終止。／**沾衣**：指淚沾衣。

*賞讀譯文請見二一二三頁

真希：

這首李商隱的〈落花〉也充滿了悲涼的情緒。高閣上的客人都離去了，小園裡落花翻飛，陸續飄落在彎曲的小徑上，遠遠地像是在送夕陽下山。傷心欲斷腸的我不忍心掃去落花，望眼欲穿地希望花朵能重回枝頭。我的心隨著春天的離去而傷盡，只換來淚水不斷滴落，沾溼了衣襟。

這是李商隱閒居時期的作品。那段時間，他因母親去世而依循慣例離職回家守孝三年，錯過了李黨最得勢的時期。寫作時的他，只是在感嘆先前的際遇，尚不知道他在重返政壇後將會面對李黨驟然失勢，無人可提攜他的窘況，且這樣的傷懷將會持續一生。

雖然我相信意志的力量，但世事變化難以捉摸也是事實，人往往無法完全活出自己所預想的人生。尤其在那樣的年代裡，個人的力量十分微小，只能被動隨著時代的巨輪前進。然而，每種境遇都有好的一面。我認為，對李商隱來說，擁有摯愛的妻子就是他所得到的幸福。

身處現代的我們，難以論斷過往時代的是非。不過，我不認為上天會限制人們只能擁有愛情或自我，身處在各方面都相對自由開放的現代社會，只要坦然面對真正的自我，就能找到讓自己幸福的生存之道。

八月都快過去了，同學會的日期才終於敲定，約在九月的最後一個週六，中午十二點在鄰鎮的「愛唱庭園KTV」用餐加唱歌。妳有空來參加嗎？

明晴・八月

25 柳

羅隱

灞岸晴來送別頻，
相偎相倚不勝春。
自家飛絮猶無定，
爭把長條絆得人。

羅隱（833～909）

本名橫，字昭諫，自號江東生。十次應進士舉不中，遂改名隱。曾任錢塘令、著作郎、鎮海節度判官、鹽鐵發運使等職。

注釋

一行—**灞岸**：灞橋兩岸。灞橋為橫跨灞河之橋，古人常在此折柳贈別，因「柳」有「留」的諧音，表示挽留之意。後來引申為離別之地。／**頻**：屢次的、接連的。

二行—**相偎相倚**：指柳枝之間相偎倚。／**不勝**：無限、無盡。／**春**：春意。

三行—**自家**：自己。

四行—**爭**：如何。同「怎」。／**絆**：纏住，留住。

＊賞讀譯文請見二二四頁

明晴：

我把同學會的時間記下來了，如果沒有意外，我應該會去參加。

這次，我選讀羅隱的〈柳〉，詩中援引了折柳送別的典故，卻反諷柳樹連自己的飛絮都留不住了，怎麼留下將要離去的人呢？一語點破了這習俗的矛盾之處，讓人不禁拍手附和：「真有道理。」

不過，人們對待習俗或傳統的態度就是這樣吧，就算沒有什麼邏輯性，也找不到科學證據支持，還是覺得照做比較心安。也許，從中體會先人的文化，得知自己來自怎樣的傳統文化脈絡，會讓人對自身的存在有種踏實感吧。呵，好像有點扯遠了。

總之，我覺得折柳送別也許就科學上來看是無意義的，但是就情感面來說卻真切無比。說不出道別的話就折柳枝表心意，這種含情深切的舉動更能讓離人動容。

雖然我的想法跟羅隱不太一樣，我仍覺得這首說出真心話的詩很可愛。

最近，也有人對我說真心話，他是ＤＦ電視集團電影臺的編導弘宇。以前，我們只是點頭之交，上週因公司舉辦員工踏青活動，有機會和他深聊。回來後，他經常約我一起用餐，讓我不禁猜測他是不是喜歡我。果真，他在昨天下班時對我告白，說他已經暗戀我很久了，希望我能跟他交往。老實說，我對他也有好感，但我沒有馬上答應他。我想要好好思考過，再回覆他。

真希・九月

26 歸國遙

春欲暮

韋莊

春欲暮，滿地落花紅帶雨。
惆悵玉籠鸚鵡，單棲無伴侶。
南望去程何許，問花花不語。
早晚得同歸去，恨無雙翠羽。

韋莊（836～910）字端己，京兆杜陵人。早年遍遊各地，年近六十才中進士，曾任校書郎、左補闕。後入前蜀為官。著有《浣花集》。

注釋

一行—**暮**：晚、將盡的。

二行—**惆悵**：悲愁、失意。／**玉籠鸚鵡**：指被鎖在深閨的婦人。

三行—**何許**：如何、怎麼樣。

四行—**早晚**：時時、天天，或指何日、幾時。／**歸去**：回去。／**翠羽**：指翅膀。

*賞讀譯文請見二二四頁

真希：

妳準備好要接受新戀情了嗎？我總覺得妳對前男友亞翔還念念不忘。妳想要思考的事，跟我的疑惑是一樣的嗎？

我沒有唱衰的意思，我很高興妳有談新戀情的機會，只是不希望妳是因為寂寞才接受某人，想要提醒妳一聲。

這次，我選讀韋莊的〈歸國遙〉，這首詞是描寫閨婦在落花滿地的暮春，思念遠在他鄉、不知身在何處的夫君，恨不得自己能擁有一雙翅膀，好跟隨夫君而去。我直接就聯想到妳和亞翔，妳有過那種想飛奔到他身邊的心情嗎？

古代的婦人受禮俗所限，經常與夫君分隔兩地，再加上交通不便，有時一別就是好幾年。現代社會雖然自由開放，仍有許多因素會導致戀人們得分隔兩地，像是妳和亞翔。不同的是，現代有網路通訊可以經常聯絡，交通也方便快速，要探望對方不是難事。這麼一來，要面對的問題只有「是否有想要維繫這段感情的心」。只是你們都選擇直接放棄了，連試都不試，真的很可惜。我認為，就是因為沒有努力過就輕易放棄，心中的遺憾與悔恨才會頻頻作祟，讓妳始終無法甘願放下這段感情。

明晴・九月

27 女冠子

雙飛雙舞

牛嶠

雙飛雙舞，春晝後園鶯語。
卷羅幃，錦字書封了，銀河雁過遲。
鴛鴦排寶帳，荳蔻繡連枝。
不語匀珠淚，落花時。

牛嶠（約 860 ~ 900 前後在世）
字松卿、延峰。歷任拾遺、尚書郎等職。之後，入前蜀為官。

一注釋一

一行**一春晝**：春日。／**後園**：屋後的庭園。／**鶯語**：鶯的啼鳴聲。

二行**一羅幃**：絲織的簾幕，一般指床帳。／**錦字**：指妻子寫給丈夫的信，或情書。源自《晉書》中所記載，秦州刺史竇滔被徙流沙，其妻蘇氏織錦為回文旋圖詩贈之。／**書**：書信。

三行**一寶帳**：華美的帳子。／**排**：排成的橫列。／**荳蔻**：在初夏開花，花未開時就非常豐滿，俗稱「含胎花」，因此成了少女的象徵。／**連枝**：兩樹的枝條連生一起。有恩愛夫婦之意。

四行**一匀**：塗抹均匀。／**時**：時節。

*賞讀譯文請見二二四頁

明晴：

妳真是做媽媽的料耶！超愛碎碎念的。不過，我就是喜歡妳這樣直言不諱的個性。

我所疑惑的是，已經三十歲的我，要為了什麼而談戀愛？要考慮到結婚的問題嗎？還是像年少時一樣，喜歡就好，不去管未來？當然，還有自己是不是真的想和弘宇在一起。在亞翔離開的這六年裡，我的感情一直處於空窗狀態，雖然會羨慕別人成雙成對，但從沒想過要找誰來遞補。

這次，我選讀牛嶠的〈女冠子〉，也是一首閨婦思念夫君的詞，但心情與韋莊的〈歸國遙〉（六六頁）有所不同；她並非想要飛奔到夫君身邊，而是期望雁子為她寄送情書。這兩種心情，我都有過；若真要實現，難度也不高。只是我最後都按捺下來了，因為連我自己都不知道這麼做之後想要得到什麼樣的結果，不想平白無故去打擾亞翔的生活。

至於弘宇，之前我對他的印象還不錯，根據平常在公司裡擦身而過的側面了解，覺得他似乎是個開朗、有想法的男生。不過，我從沒想過要主動接近他，也不覺得我們會有什麼交集，如今的發展讓我感到有些意外。我隱約有種心動的感覺，但如妳所擔心的，我也不確定是自己真心喜歡他，還是太久沒人關愛才會有這樣的反應。目前，我們還是保持朋友關係。我想，先這樣相處一陣子再說。

週六在同學會上見嘍！

真希‧九月

28 表兄話舊

竇叔向

夜合花開香滿庭，夜深微雨醉初醒。
遠書珍重何由達，舊事淒涼不可聽。
去日兒童皆長大，昔年親友半凋零。
明朝又是孤舟別，愁見河橋酒幔青。

竇叔向（約769年前後在世）字遺直。曾任左拾遺、內供奉、溧水令等職。

注釋

題—**話舊**：談論往事。

一行—**夜合**：又稱夜香木蘭，花期為五至八月，散發熟鳳梨香味，入夜更濃。／**微雨**：細雨。

二行—**遠書**：指來自遙遠家鄉的書信。／**珍重**：珍愛重視。／**何由達**：不曾寄達。／**淒涼**：悲苦。

三行—**去日**：過去。／**昔年**：往年、從前。／**凋零**：凋謝零落，指過世。

四行—**酒幔青**：青色的酒店旗幟。

＊賞讀譯文請見二二五頁

真希：

沒想到這次的同學會竟然有二十多人參加，是歷年來最盛大的，有許多好久不見的同學現身，真是辛苦主辦人阿豪和小君了。

阿豪和小君很聰明，選在KTV裡辦同學會。雖然大家分別住在不同的城鎮裡，也因很久沒見而變得有些陌生，卻都透過媒體聽過相同的歌曲。一開唱就立刻打破尷尬局面，氣氛隨即熱絡起來，每個人都嘻嘻哈哈的。

多年後再見，每個人都變得不一樣了；就算外表改變不多，氣質也已全然不同了。記得國中時，我們很喜歡聊夢想，對未來懷抱各種憧憬，但畢業後，大多數人都是因應際遇做出當下認為最好的選擇，少有人會為了夢想做出破釜沉舟的冒險之舉。我忍不住端詳每位同學的臉龐，想要感受他們最真實的心情，想知道他們是否都滿意到目前為止的人生，是不是喜歡自己現在的模樣。真心希望每位同學都過得幸福。

這次，我選讀竇叔向的〈表兄話舊〉，他和久別不見的表哥在酒醒的夜裡聊往事，感嘆人生全非，以及短暫相聚後又要分離的愁緒。我們的同學會不似此詩感傷，不過，再過一、二十年後，或許也會有「去日兒童皆長大，昔年親友半凋零」的感觸吧。

明晴·九月

29 望梅花

春草全無消息

和凝

春草全無消息，臘雪猶餘蹤跡。
越嶺寒枝香自坼，冷豔奇芳堪惜。
何事壽陽無處覓，吹入誰家橫笛。

和凝（898～955）字成績。為後梁進士，於後唐、後晉、後漢、後周等朝，皆任官職。

注釋

一行—**臘雪**：冬至後而立春前下的雪。

二行—**越嶺**：越城嶺，泛指多梅的山嶺。／**坼**：花朵開放。坼，音同「徹」。

三行—**何事**：為何。／**壽陽**：引用南朝劉宋時的壽陽公主軼事，相傳某日她在梅花樹下睡午覺，梅花飄落在額頭上印下花痕，三日後才漸漸變淡。／**橫笛**：指笛曲〈梅花落〉，此曲音調十分悲傷。

＊賞讀譯文請見二二五頁

明晴：

我也覺得在KTV辦同學會是很聰明的選擇，就算跟坐在旁邊的同學找不到話題聊，也可以聽其他同學唱歌，不會覺得尷尬無聊。再加上同學們點唱不少國中時期的流行歌曲，其他人都會不自覺地跟著哼唱，一幕幕往事也隨之浮現腦海。

我總覺得，雖然人一直在變，但不管經過多少年，人與人之間的互動始終會跟熟識交往的那段歲月一樣。跟國中同學見面時，就會變成國中時的自己；跟高中同學見面時，又會變成高中時的自己。當然，偶爾也會有幾個性格大轉變的同學，遇到時就會感覺好像認識了一個新朋友。

這次，我選讀和凝的〈望梅花〉，就跟大部分的詠梅詩詞一樣，和凝以稱讚梅樹越冷越開花的特性為開頭，之後則引用壽陽公主的典故，期望梅花也能在自己的身上留下花痕，突顯出和凝對梅花的喜愛，並在最後以橫笛曲來暗喻對梅花凋落的不捨。

我對於國中歲月的喜愛與懷念，與和凝對梅花的心情很相似，「何事壽陽無處覓，吹入誰家橫笛。」期望這段歲月的回憶能牢牢烙印在心上，然而記憶日漸模糊遙遠卻是必然的現象，只能暗自喟嘆這段歲月無法再復返。雖然在同學會上彷彿重回往日時光，卻轉瞬即逝，一走出KTV包廂，又變回三十歲的自己了。

真希・十月

30 菩薩蠻

越梅半坼輕寒裏

和凝

越梅半坼輕寒裏，冰清澹薄籠藍水。
暖覺杏梢紅，遊絲狂惹風。
閒階莎徑碧，遠夢猶堪惜。
離恨又逢春，相思難重陳。

注釋

一行 **越**：發語詞，無意義。／**半坼**：花苞初綻半開。坼，音同「徹」。／**輕寒**：輕微的寒意。／**澹薄**：淡薄，不濃烈。／**籠**：覆蓋。／**藍水**：指碧藍的春水。

二行 **遊絲**：蜘蛛等蟲吐的絲。／**狂惹**：輕狂地逗引。

三行 **莎徑**：長滿莎草的小徑。／**遠夢**：思念遠方人的夢。

四行 **離恨**：因別離而產生的愁苦。／**難重陳**：難以再次開口陳述。

＊賞讀譯文請見二二六頁

真希：

和凝的這首〈菩薩蠻〉是以梅為開頭，卻不是詠梅詩，梅花綻放只是啟動初春的一景，接著河裡的薄冰開始融化、杏花逐漸占據枝頭、蛛絲隨著春風飄動，春天正式到來了。然而，在生機盎然的春日裡，卻令人更加思念遠去的人，難過得不知從何訴說起這份心情。

我喜歡上片形容的春景，也覺得下片的心情寫得很貼切。如果只看上片的文字，妳會接什麼樣的詞呢？要是我，可能會是與家人攜手出遊的回憶。

我總認為，景物的存在是中性、無意義的，它的意義只在人們的心中才會產生。一如梅花，在上一首〈望梅花〉（七二頁）是主角，在這首〈菩薩蠻〉就只是配角；一如美麗的春日，幸福的人會覺得全世界都在為它慶祝，寂寞的人則會更感落寞，甚至覺得這世界都在嘲笑自己。一如參加同學會，雖然難免會令人有歲月匆匆的感嘆，我還是很高興大家能夠聚在一起，留下新的回憶。

對了，妳知道阿豪和小君在交往嗎？聽說他們在國中時就互有好感，但都沒有向彼此告白。前一陣子，他們在城裡偶然重逢，剛好兩人都處於感情空窗期，就開始交往了。緣分真的很奇妙，誰都說不準下一刻會跟誰相遇，又會跟誰分開。

至於妳和那位同事的感情，有沒有什麼進展呢？

明晴・十月

㉛ 玉蝴蝶 春欲盡

孫光憲

春欲盡，景仍長，滿園花正黃。
粉翅兩悠颺，翩翩過短牆。
鮮飆暖，牽遊伴，飛去立殘芳。
無語對蕭娘，舞衫沉麝香。

孫光憲（約 900～968）字孟文，自號葆光子。為農家子弟，好讀書。五代後唐時，曾任陵州判官；之後在十國中的荊南為官，累官至檢校秘書監兼御史大夫。

注釋

一行——**盡**：完結，終止。／**景仍長**：景色依然美好。長有強盛之意。

二行——**粉翅**：飛蝶類的薄翅，代指蝴蝶。／**悠颺**：飄動的樣子。／**翩翩**：形容動作輕盈。／**短牆**：矮牆。

三行——**鮮飆**：清新乾淨的風。／**殘芳**：殘存未落的花。

四行——**蕭娘**：指歌妓，一說少女。／**沉**：使降下。／**麝**：麝香。

＊賞讀譯文請見二二六頁

明晴：

最近天氣越來越冷，我已經換季穿上長袖衣服了。妳要多注意保暖，小心別感冒了，孕婦不能隨便吃藥，只能等感冒自然痊癒，會很不舒服的。（話說，妳應該比我更清楚……）

這次，我選讀孫光憲的〈玉蝴蝶〉，詞中描述暮春時蝴蝶雙飛，圍繞著殘花打轉停留的景象，讓風韻猶存的歌妓為自己的孤單寂寞感到悲傷。讀到這首詞，我很老掉牙的聯想到梁山伯與祝英台的故事，化為蝴蝶雙飛，好浪漫的一幅景象，難怪會成為許多有情人的夢想。不過，我對蝴蝶並沒有這樣的感覺，而是覺得翅色斑爛的蝴蝶像極了會飛的花朵，好美。

同學會那天，我有注意到阿豪和小君的互動很親密，也在心中暗自猜想他們的關係。記得國中時，他們倆分屬不同的朋友圈，很少看到他們有互動，沒想到他們竟然同時暗戀對方，甚至在十多年後成為戀人，不知道他們最後會不會步入禮堂呢？

我和弘宇的關係仍在原地踏步，我還在猶豫。我很好奇，當初妳怎麼確定妳先生就是那個對的人呢？可以說來聽聽嗎？

真希・十月

32 清平樂

西園春早

馮延巳

西園春早，夾徑抽新草。
冰散漪瀾生碧沼，寒在梅花先老。
與君同飲金杯，飲餘相取徘徊。
次第小桃將發，軒車莫厭頻來。

馮延巳（903～960）

字正中。於南唐的烈祖李、中主李璟二朝為官，與李璟關係緊密，四度任宰相又被罷黜。

注釋

一行—**西園**：歷代皆有園林稱西園，泛指園林。／**夾徑**：小路兩側。／**抽**：萌發、長出。

二行—**漪瀾**：水波。／**沼**：水池。

三行—**金杯**：泛指精美的杯子。此處代指酒。／**餘**：某一事情、情況以外或以後的時間。／**相取**：相共、一起。

四行—**次第**：次序、依次。／**小桃**：初春即開花的一種桃樹。／**軒車**：有屏障的車，為古代大夫以上所乘。泛指車。在此指朋友所乘的車。

*賞讀譯文請見二二七頁

真希：

這首馮延巳的〈清平樂〉，上片讀起來，情境跟和凝的〈菩薩蠻〉（七四頁）裡「越梅半坼輕寒裏，冰清澹薄籠藍水。……閒階莎徑碧……」是不是很像？接下來則是描寫與友人一同飲酒賞景的歡聚畫面，兩人之間的誠摯友誼表露無遺，不禁讓我又想起同學會那天的歡樂時光。將來，要是阿豪和小君結婚的話，說不定我們每年都會開同學會了。

說到我和文杰，我一直認為，所謂的真命天子，應該是能讓妳在他面前完全卸下防備、輕鬆展現真實自我的人，這樣才能夠放鬆、愉快的相處一輩子。這跟朋友相處的感覺不太一樣，就算是再要好的朋友，有時為了顧及顏面、禮貌等等，還是會用比較客氣的態度。

我是個就算面對家人也會逞強的人，但在文杰面前，卻會不由自主的撒嬌和耍賴；除此之外，我們的步調也很契合，我幾乎不必勉強自己去配合他。我和初戀男友在相處上就不是那麼協調順遂，經常會有陰錯陽差的情況。兩情相悅又處得來，若不是文杰，還會是誰呢？

當然，我也不能保證我們倆能這樣一直平安無事的幸福到老，人生還很漫長，誰都料不準會發生什麼事。只能說，我會盡力以誠心面對，真的沒辦法時，也只好放手。

明晴・十月

33 憶江南

今日相逢花未發

馮延巳

今日相逢花未發，正是去年，別離時節。
東風次第有花開，恁時須約卻重來。
重來不怕花堪折，祇怕明年，花發人離別。
別離若向百花時，東風彈淚有誰知。

【注釋】

一行──發：綻放。

二行──東風：春風。／次第：次序、依次。／恁時：那時。／卻：還要。／重來：再來。

三行──堪：能夠。／祇：但。

四行──向：臨近、接近。／彈淚：灑淚。

＊賞讀譯文請見二二七頁

明晴：

這首馮延巳的〈憶江南〉，是不是跟妳上封信最後寫的心情有點類似呢？我就是因為覺得人世聚散難捉摸，才會對這段感情望之卻步。

最近，我和弘宇經常一起聚餐、看電影，週末時也會到郊外踏青散步。我們相處起來很愉快，偶爾我腦中也會閃過就這樣和他交往也不錯的想法。我也想像過我們親密互動的畫面，發現我並不會排斥，甚至會有臉紅心跳的感覺。（我總覺得，想法有時會欺騙自己，反而是身體對親疏的反應比較誠實，所以我經常做這種假想，希望能藉此看清自己的心。）

但我也會想，要是又以分手收場，該怎麼辦？我還能承受再一次的失去嗎？我很害怕。

可是，若我們最後順利交往，甚至論及婚嫁，我也不想在兩、三年內就步入禮堂。我對於結婚後要在夫家過傳統節日這件事，一直很在意。有時會想，如果沒有小孩，也不一定要結婚。

總之，我的心情還在矛盾糾結中。我在等待一個Sign，一個會讓我放下這些顧慮，決定接受他的心動瞬間。但我不知道它會不會到來，或能否來得正對時。

真希・十一月

34 紗窗恨

雙雙蝶翅塗鉛粉

毛文錫

雙雙蝶翅塗鉛粉，咂花心。
綺窗繡戶飛來穩，畫堂陰。
二三月愛隨飄絮，伴落花，來拂衣襟。
更剪輕羅片，傅黃金。

毛文錫
字平珪，為唐進士，後在前蜀任翰林學士等職。

注釋

一行 **鉛粉**：擦臉的白粉，在此指花粉。／**咂**：吸吮。

二行 **綺窗**：雕刻或繪飾精美的窗戶。／**繡戶**：雕繪華美的門戶。多指婦女的居室。／**穩**：安定、停下。／**畫堂**：泛指華麗的堂舍。／**陰**：黑暗、陽光照不到的地方。

三行 **絮**：柳絮。／**衣襟**：衣領交接的部位。

四行 **羅片**：質地輕軟的絲織片。／**傅**：塗抹。

＊賞讀譯文請見二三八頁

真希：

怎麼感覺起來，妳跟妳同事好像已經在交往了？他不會誤解你們的關係嗎？

這次我選讀毛文錫的〈紗窗恨〉，讀來跟孫光憲的〈玉蝴蝶〉（七六頁）是不是有些相似呢？這兩首詞中都描述了蝴蝶飛舞在花叢間的姿態。不過，〈紗窗恨〉是單純賞詠蝴蝶的生物特性，沒有暗藏什麼比喻在裡頭。

我也很喜歡蝴蝶，不過，我直到前陣子才弄明白，原來每種蝴蝶成蟲的壽命長短不一，短的只有四、五天，長的可到兩、三個月。雖然人們總把蝴蝶和春天聯想在一起，但我發覺似乎一年四季都看得到蝴蝶。我查了資料才知道，原來蝴蝶從卵到成蟲的生命週期，大約一到三個月不等，並非隨著季節變化的。

妳知道金桔樹這種柑橘類果樹的葉子，是蝴蝶幼蟲喜歡的食草嗎？我之前在院子裡種了一盆，經常看到紀錄片《小宇宙》（*Microcosmos*）裡的那種綠色毛毛蟲，也就是鳳蝶的幼蟲在上面出沒。我不是很在意（其實也不太敢碰牠），就放任牠（們）去。沒想到，前幾年都開花結果的金桔樹，葉子竟在去年被毛毛蟲啃食殆盡，只剩下枯枝，最後「壽終正寢」。讓我決定以後再也不種金桔樹了，要改種馬纓丹、繁星花、馬利筋、長穗木等蜜源植物，吸引蝴蝶前來採蜜，比較令人開心。

明晴・十一月

35 贊成功

海棠未坼

毛文錫

海棠未坼，萬點深紅。
香包緘結一重重，似含羞態，邀勒春風。
蜂來蝶去，任遶芳叢。

昨夜微雨，飄灑庭中。
忽聞聲滴井邊桐，美人驚起，坐聽晨鐘。
快教折取，戴玉瓏璁。

注釋

一行—**海棠**：薔薇科蘋果屬的落葉喬木。三、四月時開紅色花。與草本植物秋海棠不同。／**未坼**：未開花。

二行—**香包**：指花苞。／**緘**：封閉。／**邀勒**：強行截留、阻擋。

三行—**任**：任意。／**遶**：環圍、迴轉。同「繞」。／**芳叢**：花叢，叢生的繁花。

四行—**微雨**：細雨。

六行—**瓏璁**：金玉碰撞聲，一說首飾名。

＊賞讀譯文請見二二八頁

明晴：

我和弘宇並非總是單獨出遊，為了避免尷尬，我們都會約自己熟稔的同事一起同行，感覺很像回到學生時代那般嘻嘻哈哈的小圈圈，還滿開心的。偶爾也會有因自己無法拒絕而兩人單獨出遊的時候，像是對他提議的地方感興趣又明明有空時。或許，我真的有點動心了吧！但我還無法完全確定自己的心意，不想冒然躁進。

這次，我選讀毛文錫的〈贊成功〉，上片寫的是含苞海棠在風中搖曳，任蜂蝶在周圍打轉的景色，下片則寫美人聽見雨打桐葉的聲音，猜想海棠已經綻放，趕緊喚人去摘花，還不忘戴上首飾，要跟花兒比美。

從小就常聽到「海棠」這個詞，卻不知道海棠花的長相，一直在想花市裡常見的麗格海棠和四季秋海棠，就是古典詩詞裡所指的海棠嗎？這次，我特別查了資料。原來詩詞裡的海棠是薔薇科蘋果屬落葉喬木，主要分布在溫帶地區，花姿與櫻花、桃花不相上下，難怪讓古代文人如此癡迷。

至於麗格海棠和四季秋海棠則是秋海棠科的草本植物，分布在熱帶及亞熱帶地區。我還發現，先前在住處附近看到的盆栽，開了成串倒吊的不知名紅色鈴鐺花，原來就是竹節海棠花，屬於秋海棠科，真是意外的收穫。

真希·十一月

36 清平樂

春光欲暮

毛熙震

春光欲暮，寂寞閒庭戶。
粉蝶雙雙穿檻舞，簾捲晚天疏雨。
含愁獨倚閨幃，玉爐煙斷香微。
正是銷魂時節，東風滿樹花飛。

毛熙震
曾任後蜀秘書監

注釋

一行—**春光**：春天的風光、景色。／**暮**：晚、將結束的。／**寂寞**：寂靜。／**閒**：安靜悠閒。／**庭戶**：門戶。

二行—**檻**：欄杆。／**疏雨**：稀疏的小雨。

三行—**含愁**：懷著愁苦。／**閨幃**：閨房的帷幕。／**玉爐**：熏爐（用來薰香或取暖的爐子）的美稱。

四行—**銷魂**：哀傷至極，好像魂魄離開形體而消失。／**東風**：春風。

*賞讀譯文請見二二九頁

真希：

毛熙震的這首〈清平樂〉散發出非常強烈的寂寞情懷。在暮春時節，看著蝴蝶雙飛，入夜後又下起雨來，幾乎可用「愁雲慘霧」來形容此刻的惆悵氛圍；獨坐在房裡，焚香已熄，香味逐漸散去，窗外只見春風將滿樹的花吹落，似乎一切終將灰飛煙滅。

這首詞真有勾起傷心往事的魔力，讓我冷不防的想起剛和初戀男友分手的那段日子。雖然我們是因為個性不合、價值觀相左，相處的日子裡爭吵多於快樂，而決定協議分手，但心裡還是很難受。畢竟我們曾擁有過甜蜜時光，也曾對這段感情懷有長久走下去的期待，想像了很多美麗的未來畫面。

一旦失去某樣東西，人們就會不自覺放大曾有過的美好，開始眷戀過往。幸好，性喜追求快樂的我，不會讓自己陷在這樣的狀態中太久。我把分手的原因和好處條列出來，貼在書桌前，對自己進行「洗腦」，過了一段時間後，果真釋懷許多。

不過，我並非全盤否定他的好，而是著重在分手這件事。所以，每當想起他時，我大多能露出心懷感謝的微笑，也打從心底祝福他。唯獨讀到這首詞時，讓我的心揪了一下。妳對這首詞也有類似的感覺嗎？

明晴・十一月

37 酒泉子

黛怨紅羞

顧敻

黛怨紅羞，掩映畫堂春欲暮。
殘花微雨，隔青樓，思悠悠。
芳菲時節看將度，寂寞無人還獨語。
畫羅襦，香粉污，不勝愁。

顧敻（約928年前後在世）曾在前蜀任茂州刺史，後蜀任太尉等職。

注釋

一行—**黛**、**紅**：為女子的妝彩，代指女子。／**怨**：不滿的、哀愁的。／**羞**：難堪。／**掩映**：遮蔽、掩蔽。／**畫堂**：裝飾華麗的廳堂。／**暮**：將盡的。

二行—**殘花**：將謝的花；未落盡的花。／**微雨**：細雨。／**隔**：阻隔。在此指關上門戶。／**青樓**：華貴的居室。／**思悠悠**：憂思不盡。

三行—**芳菲時節**：花草繁盛的時節。／**看將度**：眼看將要過去。

四行—**羅襦**：綢製短衣。／**香粉**：一種女性用來搽臉的化妝品。／**污**：弄髒。／**不勝**：無法承擔；承受不了。

*賞讀譯文請見二三一九頁

明晴：

我沒記錯的話，妳的生日是十二月七日吧？祝妳生日快樂，全家幸福美滿喔！

我選讀顧敻的〈酒泉子〉，詞中情境跟毛熙震的〈清平樂〉（八六頁）很相似吧！一樣在暮春，一樣有雨、有花，一樣是思念遠方的人。但比較起來，我覺得這首〈酒泉子〉的情緒直白坦蕩些，〈清平樂〉較委婉含蓄卻餘韻更深些，真的有妳所說的魔力，把我和亞翔的回憶又拉回眼前了。

不過，這次回想起來，亞翔的身影已經變得有些模糊了，心痛的感覺不再那麼深切，只是微微的揪痛。這讓我自己感到訝異。所以……我的心漸漸偏向弘宇了嗎？我已經開始嚮往和弘宇在一起的生活了嗎？在發現這點之後，我的腦海裡竟然充滿了弘宇的身影。但我還是猶豫的，因為有一部分的我還無法接受亞翔成為過去的事實，仍死抓著那段戀情的尾巴不放。

最近，我有時會想，會不會等到我願意接受弘宇時，他卻決定放棄我了呢？要是如此，的確有點可惜，但我還是想等到自己願意大聲開口說愛他時，再跟他交往。合適的、正好的時機，對愛情來說是很重要的吧。錯過了，也就表示兩人緣淺，懊悔也無用。

真希・十二月

38 山園小梅

林逋

眾芳搖落獨鮮妍，占斷風情向小園。
疏影橫斜水清淺，暗香浮動月黃昏。
霜禽欲下先偷眼，粉蝶如知合斷魂。
幸有微吟可相狎，不須檀板共金樽。

林逋（967～1028）
字君復，錢塘人，一生隱居在西湖附近的山上，終生無娶，以種梅養鶴自娛。

【注釋】

一行【**鮮妍**：指梅花鮮麗開放。／**占斷**：占有全部。

二行【**疏影**：疏落的影子，指梅花。／**暗香**：淡雅的幽香。

三行【**霜禽**：白鳥。／**偷眼**：偷看。／**粉蝶**：蝴蝶。／**合**：應該。

四行【**微吟**：指自己的詩。／**狎**：親近。／**檀板**：一種打拍子用的樂器。／**金樽**：金屬做的酒杯。

＊賞讀譯文請見二三〇頁

真希：

謝謝妳的祝福，沒想到妳還記得我的生日，讓人覺得好窩心。

在今年的生日裡，我的感觸特別多。我女兒也是十二月生日，剛滿六歲，明年就要上小學了。一想到自己要變成小學生的媽媽了，就覺得很不可思議。我肚子裡的寶寶是男孩，現在正在努力培養女兒和寶寶的感情，讓她每天摸我的肚子，跟寶寶講話，期望他們將來能友愛彼此。我也擔心自己會偏心，每天都在心裡模擬各種狀況，練習公平排解的方法。希望小寶寶出生後，我們一家會更幸福。

我選讀林逋的〈山園小梅〉，他一生都隱居在山上，與自己鍾愛的梅花和鶴為伴，沒有娶妻生子，留下許多與梅花相關的詩句。在這首詩中，林逋以「眾芳搖落獨鮮妍，占斷風情向小園」，來描述梅花開在寒冬的特性，與先前賞讀的和凝〈望梅花〉（七二頁）相比，筆調較為清雅，不過林逋的愛梅之心卻絲毫不遜色，形容了梅花的姿態和香氣，認為連鶴和蝴蝶都自嘆弗如，且著迷於梅花的美。

最近我對寶寶出生後的生活變化，感到既期待又害怕。在讀到林逋的詩與生平後，不禁覺得像他這樣斷絕人際關係的紛擾，將情感寄託在喜愛之物上的平靜生活，似乎也很不錯。不過，這也只是想想而已，我才捨不得離開家人呢。

明晴・十二月

39 千秋歲

數聲鶗鴂

張先

數聲鶗鴂，又報芳菲歇。
惜春更選殘紅折，雨輕風色暴，梅子青時節。
永豐柳，無人盡日花飛雪。

莫把么絃撥，怨極絃能說。
天不老，情難絕，心似雙絲網，中有千千結。
夜過也，東窗未白孤燈滅。

張先（990～1078）

字子野。曾任嘉禾判官、通判、渝州屯田員外郎等職，以尚書都官郎中辭官退休。

注釋

一行—**鶗鴂**：杜鵑鳥。初夏時常晝夜不停啼叫，叫聲類似「不如歸去」。相傳為商周至春秋時代之間的古蜀君主杜宇之魂所化，又叫杜宇、子規、鶗鴃、啼鴃、鶗鴃。／**芳菲**：花草。

二行—**殘紅**：剩下的花朵。／**風色暴**：風勢狂暴。

三行—**永豐**：唐代洛陽的坊名。／**盡日**：一整天。／**花飛雪**：指柳絮。

四行—**么弦**：琵琶的第四弦，為各弦中最細的。

*賞讀譯文請見二三〇頁

明晴：

難得看到妳說洩氣話，嚇了我一跳。這該不會就是傳說中的「產前憂鬱」吧？我沒有經驗，提不出什麼有建設性的意見。不過，我相信妳有處理好所有事的能力；妳所擁有的堅強意志，能讓每件事化險為夷，往更好的方向發展。這不也是妳教我的嗎？

不過，別誤會，我很願意聽妳訴苦。我相信，心中的苦會隨著傾訴的話語流洩出去，讓心情變好，所以千萬別悶著。

這首張先的〈千秋歲〉也充滿悲苦怨情，他借暮春之景來對照心中的幽怨，尤其是「莫把么絃撥，怨極絃能說」這句，真能讓人不禁哀嘆一聲。不過，我最近的心思真的變了，以前看到「天不老，情難絕，心似雙絲網，中有千千結」這類的詞句，總會聯想到我和亞翔的事，現在卻不會了。

前幾天，弘宇試探地詢問：「在妳珍視的東西裡，有沒有我？」我依心中直覺回答：「有。」看他笑得那麼開心，我竟被感動得熱淚盈眶。

不知道我們的未來會如何，不過現在的我已經有力量為這段感情付出了。

真希・十二月

40 木蘭花

東城漸覺風光好

宋祁

東城漸覺風光好，縠皺波紋迎客棹。
綠楊煙外曉雲輕，紅杏枝頭春意鬧。
浮生長恨歡娛少，肯愛千金輕一笑。
為君持酒勸斜陽，且向花間留晚照。

宋祁（998～1061）
字子京。曾任國子監直講、太常博士、工部尚書員外郎、知制誥、史館修撰、翰林學士承旨等職。

注釋

一行—**縠皺波紋**：縠為縐紗，縠皺波紋形容波紋細如縐紗。（縠，音同「胡」。）／**棹**：船槳，在此指船。

二行—**鬧**：濃盛。

三行—**肯愛**：豈肯吝惜。／**千金**：指金錢。／**一笑**：指美人的笑。

四行—**晚照**：夕陽餘暉。

＊賞讀譯文請見二三一頁

真希：

太好了，看來妳真的已經準備好接受新戀情了，祝你們幸福喔！我也要鼓起勇氣向前走了。

這次剛好讀到這首宋祁的〈木蘭花〉，讓我精神大振。我尤其喜歡這兩句：「浮生長恨歡娛少，肯愛千金輕一笑。」人生苦多樂少，怎能為了金錢而輕視佳人的笑？接下來的「為君持酒勸斜陽，且向花間留晚照」，還帶點挽留夕照的傻氣。

這是首留戀春光的詞，卻不見對暮春的感傷，而是流洩出滿滿的珍惜之情。延伸到人世萬物種種，也應該秉持這樣的態度吧。既然美好時光的逝去是必然的，何不好好沉浸其中？浪費時間在感傷上，不就辜負它了嗎？若將美好時光改為「無憂時光」，感傷一詞替換成「擔心」，也是可以成立的。

所以，我決定要停止庸人自擾，運用時下流行的「吸引力法則」，想像一些幸福的生活畫面。不管最後會不會成真，至少心情愉悅對胎教是有幫助的。

或許，妳也可以對新戀情有一些正面的想像，說不定就能一直順利發展下去。

明晴・十二月

41 浪淘沙

把酒祝東風

歐陽脩

把酒祝東風，且共從容。
垂楊紫陌洛城東，
總是當時攜手處，遊遍芳叢。
聚散苦匆匆，此恨無窮。
今年花勝去年紅。
可惜明年花更好，知與誰同。

歐陽脩（1007～1072）
字永叔，號醉翁、六一居士。曾任滁州、揚州、潁州等地太守，以及翰林學士、參知政事、兵部尚書、太子少師等職。為唐宋八大家之一。

【注釋】

一行【**把酒**：拿著酒杯。／**東風**：春風。／**祝**：祈禱。／**從容**：緩慢，留連。／化用自唐代司空圖的〈酒泉子〉：「黃昏把酒祝東風，且從容。」

二行【**垂楊**：柳樹的別名。／**紫陌**：京城的道路。／**洛城**：洛陽。／**總是**：大多是。／**芳叢**：花叢。

*賞讀譯文請見二三二頁

明晴：

又是新的一年，在一年之初讀歐陽脩的〈浪淘沙〉，「今年花勝去年紅。可惜明年花更好，知與誰同。」感覺真是應景。

將這首詞與宋祁的〈木蘭花〉（九四頁）對照賞讀，也有另一種趣味。同樣是春光無限好，卻勾動每個人的不同心思。宋祁在形容春日景色後流露出挽留之情；歐陽脩則想起與友人同遊春日花叢的回憶，感嘆聚散無常，就算明年花開得更美，也不知道將會與誰一起欣賞。

我突然想起日劇《裸夏戀人》（SUMMER NUDE）裡夏希說的話：「完全不知道未來會如何，無論是和大家見面，或是來到這裡，可能都是最後一次了。……三個月前的自己，不是也完全想不到現在會是這個樣子嗎？」

人生路上的遽變，經常來得讓人措手不及。不過，如果凡事都能預先得知最後的結果，人們就會活得比較開心嗎？年少時，我有一陣子覺得，人是因為對明天會發生什麼事感到好奇，因為想知道人生和生命的真實面貌究竟為何，才願意跨越悲傷繼續活下去。這就是人們所說的「希望」嗎？

活到現在，雖然世事反覆無常，讓人難以歸納出什麼結論，但我想相信，人心都是嚮往真善美的，這就是生命的核心本質。

真希・一月

42 答丁元珍

歐陽脩

春風疑不到天涯，二月山城未見花。
殘雪壓枝猶有橘，凍雷驚筍欲抽芽。
夜聞啼雁生鄉思，病入新年感物華。
曾是洛陽花下客，野芳雖晚不須嗟。

注釋

題—丁元珍：在歐陽脩被貶為湖北峽州夷陵縣令期間，擔任峽州判官。
一行—天涯：天邊，指遙遠的地方。／山城：湖北峽州夷陵縣。
二行—凍雷：春寒時的雷聲。
三行—雁：一種候鳥，於春季返回北方，秋季飛到南方越冬。／鄉思：鄉愁。／病：憂慮。／感物華：感慨眼前的景色。
四行—嗟：嗟嘆。

＊賞讀譯文請見二三三頁

真希：

讀歐陽脩的〈答丁元珍〉，讓我想到柳宗元的〈早梅〉（四六頁）。雖然這兩首詩描寫的季節有些差距，卻都是涼冷時節，且詩中都洋溢著被貶謫至偏遠地方的黯然心情。

我喜歡歐陽脩對初春風景的描寫，「殘雪壓枝猶有橘，凍雷驚筍欲抽芽」，這畫面想像起來挺美的，也很生動，尤其是你們擅長影像製作的人，說不定馬上就會在腦海中浮現出這兩句詩的動態畫面。

我也喜歡「曾是洛陽花下客，野芳雖晚不須嗟」。雖然自我安慰的成分居多，但我還是欣賞往好處看的生活態度。也許有些人會說這是自欺欺人的鴕鳥心態，我卻忍不住質疑，「把自己綁縛在憂慮裡，到底有什麼好處？」所以，我不太喜歡「天有不測風雲，人有旦夕禍福。」、「生於憂患，死於安樂。」這類話語，聽了就讓人惶惶不安起來。相較之下，「塞翁失馬，焉知非福」就比較有安慰人心的效果。

妳的新戀情還順利嗎？有沒有長久走下去的可能呢？

春節就快到了，妳應該會回來吧？我初二上午就會回娘家了，應該會待到初五左右，有空要來找我喔。

明晴・一月

43 木蘭花

東風又作無情計

晏幾道

東風又作無情計，豔粉嬌紅吹滿地。
碧樓簾影不遮愁，還似去年今日意。
誰知錯管春殘事，到處登臨曾費淚。
此時金盞直須深，看盡落花能幾醉。

晏幾道（約 1031～1106）
字叔原，號小山，為晏殊之子。曾任潁昌府許田鎮監、開封府推官等職。晚年家道中落。為婉約派代表。

注釋

一行—東風：春風。／計：打算。／豔粉嬌紅：指花。

二行—碧樓：指華美的樓閣。／登臨：登高望遠。／今日：泛指同一時節。

三行—費淚：消耗眼淚。

四行—金盞：精美的酒杯。／直須：就要。

＊賞讀譯文請見二二三二頁

明晴：

我和弘宇的戀情還算順利。也許是年歲較大，對人（包括自己）和愛情的認識較深，個性也都穩定了，通常初識不久就能明白彼此合不合得來；所以，這個年紀喜歡上的人，大多不必經過漫長的磨合期，就能相處愉快。雖然我對弘宇並沒有那種「我們是天造地設的一對」的感覺，但這種融洽的氣氛讓我滿懷著「希望跟他一直交往下去」的想法。

這次，我選讀晏幾道的〈木蘭花〉，可以拿來跟歐陽脩的〈浪淘沙〉（九六頁）對照賞讀。這兩首詞都是描述春日賞花的心情，並回顧了去歲與當下。歐陽脩感嘆人事變遷，晏幾道則說春殘始終令人愁，只能飲酒抒懷了。

對照往昔與現今，會讓人產生什麼樣的心情呢？老實說，和弘宇相處時，我還是不免會拿他和亞翔做比較，回想亞翔在相同情境下會做什麼樣的反應，哪個人比較能討我的歡心。雖然勝出者並非總是亞翔，卻還是勾起了我對亞翔的思念。果然，亞翔留在我心底的身影，不會那麼快就離開。是不是要等到我和弘宇交往的時間超越我和亞翔的那一天，那段回憶才會顯得微不足道呢？要是真有那麼一天，我又會有怎樣的心情呢？會有總算解脫的快感，還是萬事萬物終會流逝的感嘆呢？

真希・一月

44 滿庭芳

南苑吹花

晏幾道

南苑吹花，西樓題葉，故園歡事重重。
憑闌秋思，閑記舊相逢。
幾處歌雲夢雨，可憐便流水西東。
別來久，淺情未有，錦字繫征鴻。

年光還少味，開殘檻菊，落盡溪桐。
漫留得，尊前淡月西風。
此恨誰堪共說，清愁付綠酒杯中。
佳期在，歸時待把，香袖看啼紅。

注釋

一行——**吹花**、**題葉**：皆為古代少女玩的遊戲。／**故園**：舊家園；故鄉。／**重重**：一層又一層。形容眾多。

二行——**憑闌**：倚靠欄杆。／**閑**：隨意地，通「閒」。

三行——**歌雲夢雨**：暗指作者與歌女的關係。雲雨有男女歡會的象徵，源自戰國時代宋玉的〈高唐賦序〉提到，巫山神女「旦為朝雲，暮為行雨」，曾與楚王歡會。／**可憐**：令人惋惜。

四行——**淺情**：薄情，在此指薄情的人。／**錦字**：指妻子寫給丈夫的信，或情書。源自《晉書》中所記載，秦州刺史竇滔被徙流沙，其妻蘇氏織錦為回文旋圖詩贈之。／**繫征鴻**：指寄出書信。征鴻為遠行的鴻雁，被古人視為信差的代表。相傳漢武帝時，匈奴將使臣蘇武流放北海，並謊稱他已死。漢使接獲密告得知實情，並用計對匈奴說，漢皇帝射下的一隻鴻雁上有蘇武的帛書，讓蘇武得以被釋放。

五行——**年光**：年華；生活情況。／**少味**：無滋味。／**殘**：剩餘的、將盡的。／**檻菊**：欄杆旁的菊花。／**盡**：完畢。／**溪桐**：溪邊的桐葉。

六行——**漫**：徒然地。／**尊**：酒器。

八行——**佳期**：相會的日子。／**把**：持著。／**啼紅**：指女子摻了脂粉的淚。

*賞讀譯文請見二三三頁

真希：

這首晏幾道的〈滿庭芳〉，其上片內容是不是跟妳的心情很相似呢？回想往昔嬉鬧的快樂時光，如今卻已各分東西多年，連音訊都沒有。只不過，妳和前男友似乎沒有下片中描述的可能：雖然在花謝葉落的秋天裡只能飲酒解愁思，卻還有相見的佳期可期待。好奇問一下，妳真的完全沒有他的任何消息嗎？你們共同認識的高中及大學同學，都沒有人和他保持聯絡嗎？

老實說，我認為要完全遺忘某個在生命中占有重要地位的人，是過於天真且徒勞無功的事，也太過薄情，畢竟某人曾給予自己那麼多深刻的經驗，怎能像用壞的牙刷那樣說丟就丟呢？

我們所能做的，就是試著改變自己看待某人的角度。有時只是一個轉念，就能讓人心豁然開朗。雖然轉念的時刻勉強不來，只能等待因緣俱足之時，但必須要心懷「會有那一刻」的期待和希望，才不會漏接關鍵球吧。

我想，在妳接受了前男友必然存在於回憶裡的事實，並相信自己能找到一個安放這段回憶的好位置，不再執著及焦慮於放不開他這件事之後，就能心思不受動搖的享受新戀情了。祝福妳！

明晴・一月

45 歸田樂

試把花期數

晏幾道

試把花期數，便早有感春情緒。
看即梅花吐，願花更不謝，春且長住。
只恐花飛又春去。

花開還不語，問此意年年春還會否。
絳脣青鬢，漸少花前侶。
對花又記得，舊曾游處。
門外垂楊未飄絮。

—注釋—

一行—花期：植物開花的時期。／感春：因春天到來而引起憂傷、苦悶。
二行—吐：顯露、散放。
四行—此意：指上片中的「願花更不謝，春又長住」。／會：瞭解、領悟。
五行—絳脣青鬢：紅脣、濃黑的鬢髮，指年輕女子。
六行—游：通「遊」。
七行—垂楊：柳樹的別名。
＊賞讀譯文請見二三四頁

明晴：

新年快樂！

不好意思，今年的過年特別忙碌，抽不出空去找妳。我大嫂正在坐月子，我得幫忙照顧大侄子，再加上我弟打算在上半年結婚，要討論張羅婚禮的事；然後弘宇也來我家拜訪，我們就一起繞到南部旅遊再回臺北。這大概是我有生以來行程最滿的一次春節假期了。等妳的小兒子出生後，我再去看妳嘍！到時如果弘宇也有空，我或許會帶他過去和妳見個面。

至於亞翔，我真的沒有他的任何消息；我也不知道有沒有同學跟他聯絡，大家都顧忌我的心情，從來沒有在我面前提過他。

這次，我選讀晏幾道的〈歸田樂〉，是藉傷春懷想故人的詞。多情的他在梅花綻放之前就開始數算花期，期望花長開、春長在，卻也知道這是不可能的事。下片則提到春天不解人們的心思，兀自讓花開花落，而詞人也回想起和年輕友伴同遊花前的情景。

讀這首詞時，我聯想到的並非某個戀人，而是我們家三手足的感情。在大嫂之後，又有弟媳加入，雖然人多熱鬧，但跟兄弟最親密友好的人已經不是我了，多少讓人有些感慨。原來，手足之間，也只是彼此的過客；尤其我們又各在一方生活，有時會有比朋友還不熟的感覺。

真希・二月

46 水龍吟

似花還似非花

蘇軾

似花還似非花，也無人惜從教墜。
拋家傍路，思量卻是，無情有思。
縈損柔腸，困酣嬌眼，欲開還閉。
夢隨風萬里，尋郎去處，又還被鶯呼起。

不恨此花飛盡，恨西園落紅難綴。
曉來雨過，遺蹤何在，一池萍碎。
春色三分，二分塵土，一分流水。
細看來，不是楊花，點點是離人淚。

蘇軾（1036～1101）

字子瞻、和仲，號東坡居士。蘇洵長子。登進士第後，曾任中書舍人、翰林學士、禮部尚書等職；夾在新舊兩黨間，曾多次被貶至地方。詩、詞、賦、散文、書法和繪畫皆擅長。為唐宋八大家之一。

題序：次韻章質夫〈楊花詞〉

—注釋—

一行—**從教**：任由、任憑。

二行—**拋家傍路**：指楊花（柳絮）離開柳樹，落到路邊。／**無情有思**：看似無情，卻有愁思。轉化自唐代韓愈的〈晚春〉：「楊花榆莢無才思，惟解漫天作雪飛」。

三行—**縈**：縈繞。／**柔腸**：柔曲的心腸，在此指女子，或指柳枝，化用自唐代白居易的〈楊柳枝〉：「人言柳葉似愁眉，更有愁腸似柳絲。」／**嬌眼**：指女子的眼睛，或指柳葉。

四行—**鶯呼起**：引用唐代金昌緒的〈春怨〉：「啼時驚妾夢。」

五行—**西園**：歷代皆有園林稱西園，泛指園林。／**落紅**：指落花。／**綴**：連結、縫補。

六行—**曉**：清晨。／**一池萍碎**：指楊花（柳絮）落水化為浮萍。

七行—**春色三分**：春色已被三分。／**春色**：代指楊花（柳絮）。／**離人**：離開家園的人。

八行—**楊花**：即柳絮。

＊賞讀譯文請見二三五頁

真希：

看來妳跟弘宇的感情已經穩定了，真好。妳弟就要結婚了，妳應該也會被家人催促婚事吧？有這個打算嗎？

這次，我選讀蘇軾的〈水龍吟〉，是他依原韻和唱友人章質夫的楊花詞而寫的，其詞為：「燕忙鶯懶芳殘，正堤上柳花飄墜。輕飛亂舞，點畫青林，全無才思。閒趁游絲，靜臨深院，日長門閉。傍珠簾散漫，垂垂欲下，依前被、風扶起。／蘭帳玉人睡覺，怪春衣、雪沾瓊綴。繡床旋滿，香毬無數，才圓卻碎。時見蜂兒，仰黏輕粉，魚吞池水。望章臺路杳，金鞍遊蕩，有盈盈淚。」兩首都是從飄飛的柳絮出發，來描述思婦的心情。

在歷來的文壇上，都認為蘇軾的作品勝過章質夫，不知妳覺得如何呢？我認為，蘇詞的焦點集中在柳絮上，讓柳絮和思婦幾乎融為一體；章詞則是上片寫柳絮，下片改從思婦的角度描寫，手法各有巧妙。而從現代人的觀點來看，蘇詞較為淺顯易懂，章詞則較多當時人熟知的用字和情境，雖不至於艱澀，但我們賞讀時得在腦中轉一圈才能領會。

我喜歡蘇軾的「似花還似非花，也無人惜從教墜。」、「春色三分，二分塵土，一分流水。細看不是楊花，點點是離人淚。」等詞句，也覺得章質夫的「繡床旋滿，香毬無數，才圓卻碎」寓意深遠，值得玩味。

明晴・二月

47 占春芳

紅杏了

蘇軾

紅杏了，夭桃盡，獨自占春芳。
不比人間蘭麝，自然透骨生香。
對酒莫相忘，似佳人兼合明光。
只憂長笛吹花落，除是寧王。

注釋

題－蘇軾所詠之花，依季節推測，應為荼蘼。這是薔薇科懸鉤子屬空心泡的變種，開白色重瓣花，花期六至七月。

一行－**了**：結束。／**夭桃**：艷麗的桃花。／**盡**：完結，終止。／**春芳**：春天的花香。

二行－**蘭麝**：蘭和麝香皆為香料。／**透骨**：指透過植物的莖幹。

三行－**兼合**：併合在一起。／**明光**：漢代宮殿名，泛指朝廷宮殿。

四行－**花落**：指笛曲〈梅花落〉。／**寧王**：指唐寧王李憲，擅長吹橫笛。

＊賞讀譯文請見二三五頁

明晴：

如妳所料，我家人真的在催婚了。但我和弘宇只交往了兩、三個月，雖然目前看來個性滿合的，但有些相處上的問題在濃情蜜意的掩蓋下，可能尚未浮現出來，我不想冒然跳入婚姻裡。（嗯，這其實不是理性思考後的結論，而是心裡有個聲音在說不行。我一直相信自己的直覺。）

這次，我選讀蘇軾的〈占春芳〉。詞中沒有明確指出所詠的花名，而宋人何薳在《春渚紀聞》中指出，應該是酴醾（即荼蘼）。在《詞譜》和《填詞名解》中，則說〈占春芳〉是蘇軾為了詠梨花所創的詞牌。但依花期來看，似乎前者較為正確。

酴醾是薔薇科懸鉤子屬空心泡的變種，為灌木植物，四、五月時會盛開白色的香花。因為時值春末夏初，百花幾乎落盡，所以能「獨自占春芳」。酴醾的熟果期在秋天，會長出類似覆盆莓、草莓的紅色果實。在日常生活中，較少聽到酴醾一詞，不過在臺灣的野地裡，有四十多種懸鉤子屬植物，像是刺莓（臺灣懸鉤子、虎婆刺）、變葉懸鉤子等，花和果實都長得跟酴醾很相似，至於葉子的模樣則相差甚大。懸鉤子的果實大多可以食用，可惜我還沒有在野外遇見過它，真希望有機會可以品嚐它的酸甜滋味。

真希．二月

48 花影

重重疊疊上瑤臺，
幾度呼童掃不開。
剛被太陽收拾去，
卻教明月送將來。

蘇軾

注釋

一行 **瑤臺**：美玉砌成的高臺。

＊賞讀譯文請見二三六頁

真希：

原來酴醾是跟刺莓相似的植物啊？我一直以為它是薔薇、玫瑰之類的花。（話說這個印象是從哪裡來的，我也不知道……）

這次，我選讀蘇軾的〈花影〉，是一首很可愛的詩。雖然相關資料裡，都提到這趕不走的惱人花影，是暗喻那些多次被帝后起用的新黨人士，我還是想欣賞它的表面意境就好。詩中對影子的描繪相當生動，且每句都提到花影，卻完全沒有用到「花影」二字，技巧實在高超，不愧是一代文豪的作品。

說到影子，我很喜歡看陽光被花草樹木篩過，落在地面、牆面或其他物品上的光影。若有風徐徐吹過，還會有金光閃耀的迷離美。每當在樹林裡散步時，我不只會觀察及拍攝各種植物的花葉果，也會捕捉各種光影畫面。雖然這類照片的色彩通常較為單調，但光的層次就很豐富迷人了。

為了如實拍下美麗的光影（畢竟相機取像的精細度，還是比不上人眼），我也費一番苦心學習攝影技巧。不過，可別誤會我有多專業，為求輕便好攜帶，我都是用體積小巧的全自動相機。對我來說，我還是比較著重在攝影的記錄面，而非極致美學面；只求能拍下感動我心的畫面，不求拍出令人讚歎的美麗照片。

明晴・二月

49 桃源憶故人

華胥夢斷人何處

蘇軾

華胥夢斷人何處，聽得鶯啼紅樹。
幾點薔薇香雨，寂寞閑庭戶。
暖風不解留花住，片片著人無數。
樓上望春歸去，芳草迷歸路。

【注釋】

一行【華胥夢：華胥為古書《列子》中的理想國。華胥夢泛指入夢。

二行【寂寞：寂靜。／閑：通「閒」，空暇無事。／庭戶：泛指庭院。

三行【不解：不懂得。／著人：指落在人身上。

四行【芳草：源自《楚辭‧招隱士》的「王孫遊兮不歸，春草生兮萋萋」，引喻懷人思親。／迷：分辨不清、令人困惑的。

＊賞讀譯文請見二三六頁

明晴：

沒想到，我們竟然已經通信一年了。這樣一邊賞讀詩詞，一邊天南地北的聊，是我每週最期待的事情之一，真希望能一直持續下去。

這次，我選讀蘇軾的〈桃源憶故人〉，其開頭兩句就是引用〈春怨〉的「啼時驚妾夢」典故所寫成。蘇軾在我們之前賞讀的〈水龍吟〉（一〇六頁）中也引過，看來他對〈春怨〉這首詩真的很有感覺。

這是首描寫閨中女子在感傷春天離去的同時，思念起遠走他鄉的遊子之心情。「幾點薔薇香雨」的畫面想像起來好美，恰對比出人心的寂寥空虛；而「暖風不解留花住，片片著人無數」的淒美畫面也讓人感到揪心。

古代文人經常以閨婦思君為題材來創作詩詞，尤其在詞類特別明顯，因為詞最初是寫來給宴席上的歌妓吟唱的，因此詞人多半會從她們的角度出發來創作。但我很好奇，他們在內心深處是如何看待這件事的呢？畢竟他們通常是離鄉在外、被思念的人。

不過，我想，文人們都已盡可能的體會及想像這些閨婦身處的環境及心緒，挖掘出自己內心柔軟的一面，才能寫出這些感人至深的詩句吧。

真希・三月

50 浪淘沙

昨日出東城

蘇軾

昨日出東城，試探春情。
牆頭紅杏暗如傾，
檻內群芳芽未吐，早已回春。

綺陌斂香塵，雪霽前村。
東君用意不辭辛，
料想春光先到處，吹綻梅英。

注釋

一行—**東城**：指從東門出城。／**探春**：唐宋時代，都城男女在正月十五日後會至郊外宴遊，稱為探春。

二行—**暗**：指樹蔭濃密陰暗。／**傾**：倒出。

三行—**檻**：欄杆。／**群芳**：各種花。

四行—**綺陌**：綺麗的道路。／**斂**：聚集。／**香塵**：原指美女的步履，此指探春的女子。／**雪霽**：雪停轉晴。

五行—**東君**：春神。／**用意**：用心。／**辛**：辛勞，勞苦。

六行—**料想**：猜想。／**梅英**：梅花。

*賞讀譯文請見二三七頁

真希：

讀到蘇軾的這首〈浪淘沙〉，讓我想到每年春天熱鬧展開的花季。今年此刻，陽明山花季剛落幕，輪到阿里山櫻花季上場。這兩個花季，妳都造訪過嗎？

沒想到古人也有這番閒情逸致，在元宵節過後到郊外尋找春天的蹤跡。時值初春，雖然雪停了、天晴了，但百花都還沒綻放，蘇軾便猜想，最能感受到春光的地方，應是在寒冬即綻放花朵的梅樹上吧。

近年來，賞花成為臺灣熱門的旅遊主題，一年四季可以在各地欣賞到不同的花海，有櫻花、梅花、杜鵑、海芋、桐花、蓮花、金針花、杭菊……等，其中以櫻花最受歡迎，有不少縣市都廣植櫻樹做為公園植栽或行道樹，就連我們這裡的鎮公所也曾討論過是否要跟隨這股熱潮，最後因預算不夠又不具地方特色而作罷。

我討厭塞車，也不喜歡人擠人，從來沒有在假日主動去看花海，倒是因為工作需要而在平日前去觀賞過。花海當然美麗，但我還是不想刻意追逐，寧願是在偶然經過某條路時，發現兩旁的行道樹，像是木棉花、美人樹、阿勃勒或紫薇等正花開滿樹，進而佇足欣賞。我的目光焦點，不只在盛開的花朵，含苞待放的蓓蕾也很可愛。

明晴・三月

51 一落索・蔣園和李朝奉

舒亶

正是看花天氣，為春一醉。

醉來卻不帶花歸，誚不解看花意。

試問此花明媚，將花誰比。

只應花好似年年，花不似人憔悴。

舒亶（1041～1103）

字通道，號懶堂。曾任臨海尉、監察御史里行、給事中、御史中丞、龍圖閣待制等職。曾因奏書引發紛爭，在神宗時約有十年不為朝廷所用。

注釋

題—朝奉：指富翁或當鋪管事。

一行—天氣：時候。

二行—誚：全然，簡直。音同「俏」。另有版本為「悄」。／不解：不懂得。／意：情趣。

三行—將：拿。

＊賞讀譯文請見二三七頁

明晴：

這首舒亶的〈一落索・蔣園和李朝奉〉，用簡單直白的話語道盡了在春日賞花的種種心情。在適合賞花的天氣裡，為明媚春光而迷醉，但回過神來卻不帶花回去，真是枉費了「有花堪折直須折」的好時機。沒有人比得上花兒的明麗嬌媚；花兒每年如期豔麗綻放，人卻一年比一年憔悴蒼老。

讀到這裡，真讓人想要變成一棵能開出美麗花朵的植物，年復一年美麗一次。妳想要變成什麼植物呢？我希望變成美人樹。

在某年秋天前往墾丁的路上，我被兩旁盛開的粉紅花朵給迷住了。這花朵比手掌大些，在大半為粉紅色的花瓣上，靠近花心處是白黃底夾雜紫斑紋，十分特別，就算只開一朵也足以擔起主角重任。我回來後查資料，才知道她叫「美人樹」，名符其實，卻直接得讓人覺得有些俗氣，真希望她有個高雅含蓄的名字。不過，美人樹之名是相對於英雄樹而取的，這英雄樹就是大家熟知的木棉樹，兩者皆屬木棉科，樹形相近，若比鄰栽種，看來就像一對天造地設的情侶。

對了，妳的預產期快到了吧？好好保重，也多加小心喔。預祝妳生產順利！

真希・三月

52 眼兒媚

楊柳絲絲弄輕柔

王雱

楊柳絲絲弄輕柔，煙縷織成愁。
海棠未雨，梨花先雪，一半春休。
而今往事難重省，歸夢遶秦樓。
相思只在，丁香枝上，豆蔻梢頭。

王雱（1044～1076）字元澤，王安石之子。曾任旌德尉、太子中允、崇政殿說書、天章閣待制兼侍讀等職。支援王安石變法，致力於佛道思想的探索。

注釋

一行—**煙縷**：裊裊上升的細長煙氣。

二行—**海棠**：薔薇科蘋果屬的落葉喬木。三、四月時開紅色花。與草本植物秋海棠不同。

三行—**而今**：如今。／**省**：記得、記住。／**歸夢**：歸返之夢。／**遶**：環圍、迴轉。同「繞」。／**秦樓**：女子的居所，在此指王雱妻獨居之處。出自漢代樂府〈陌上桑〉：「日出東南隅，照我秦氏樓。秦氏有好女，自名為羅敷。」

四行—**丁香**：丁香的花蕾大多含苞不放，被用來比喻愁思固結不解。／**豆蔻**：豆蔻在初夏開花，花未開時就顯得非常豐滿，也成為少女的象徵。出自唐代杜牧的〈贈別〉：「娉娉裊裊十三餘，豆蔻梢頭二月初。」

＊賞讀譯文請見二三八頁

真希：

妳寄來的信真準時，我一讀完妳的祝福，肚子裡的男孩就急著要出來，真是個急性子。距離上次照顧新生兒，已經是六年前的事，都快忘了這段作息受嬰孩擺布的日子有多淒慘。不過，畢竟有過一次經驗，已經不會再像從前那樣，因為孩子哭鬧不休而感到手足無措或慌亂了，反而能夠輕鬆的笑看眼前景象。

不過，這首王雱的〈眼兒媚〉，詞裡的愁苦倒是難以化解。相傳王雱因體弱多病又好猜疑而與妻子分居，其父王安石為了媳婦的幸福而安排她改嫁，這首詞正是王雱思念前妻時所寫的。在海棠花尚未被雨水打落，梨花又盛開如雪的時節，春天已過了大半；往事無法重溫，魂夢卻繞著她的獨居處打轉，我的思念如眼前的丁香花苞鬱結不展，也如豆蔻苞含情脈脈。

這裡的丁香和豆蔻都是有典故的。丁香花未綻放前的花苞形狀，有如圓圓的結頭，在古代常用來比喻愁結，如李商隱〈代贈〉的「芭蕉不展丁香結，同向春風各自愁」、牛嶠〈感恩多〉的「各自南浦別，愁見丁香結」、李璟〈攤破浣溪沙〉的「青鳥不傳雲外信，丁香空結雨中愁」。豆蔻則自從杜牧在〈贈別〉中寫：「娉娉嫋嫋十三餘，豆蔻梢頭二月初」後，就成為情竇初開少女的代詞。

在為王雱感到遺憾的同時，我不禁祈禱自己的孩子們在將來面對愛情時，能有幸躲過「相愛卻無法相處，又放不下」這般心有餘而力不足的困境。

明晴・三月

53 王充道送水仙花五十枝

黃庭堅

凌波仙子生塵襪，水上輕盈步微月。
是誰招此斷腸魂，種作寒花寄愁絕。
含香體素欲傾城，山礬是弟梅是兄。
坐對真成被花惱，出門一笑大江橫。

黃庭堅（1045～1105）

字魯直，號山谷道人，晚號涪翁。「蘇門四學士」之一。江西詩派祖師，亦為宋朝書法四家之一。生前與蘇軾齊名，世稱蘇黃。曾任北京國子監教授、校書郎、著作佐郎、秘書丞、涪州別駕、黔州安置等職，晚年兩次受到貶謫。

注釋

題——全名：王充道送水仙花五十枝欣然會心為之作詠

一行——**凌波仙子生塵襪**：引自三國時代曹植〈洛神賦〉的「凌波微步，羅襪生塵。」洛神是中國神話裡伏羲氏的女兒，於洛水溺死而成為洛水之神，簡稱洛神。／**微月**：指新月，亦指雙足，因腳掌形狀似彎月。

二行——**斷腸**：比喻極度悲傷。／**魂**：指洛神的靈魂。／**寒花**：寒冷時節開放的花。／**愁絕**：極端憂愁。

三行——**體素**：指玉體，尊稱別人的身體。／**傾城**：形容極為美麗動人。／**山礬**：本名鄭花，春天開白色小香花。黃庭堅認為其名俗氣而改為山礬。

四行——**惱**：撩撥、逗弄。惱花出自唐代杜甫的〈江畔獨步尋花七絕句〉：「江上被花惱不徹。」

*賞讀譯文請見二三八頁

明晴：

妳的小娃兒好可愛，跟大女兒就像是同一個模子印出來的，看來妳先生的基因比較強勢喔！

這次，我選讀黃庭堅的〈王充道送水仙花五十支〉。在賞讀這首詩之前，得先認識一下以黃庭堅為首的江西詩派。其成員崇尚黃庭堅提出的「點鐵成金」、「奪胎換骨」理念，強調字字有出處，並做到「以故為新」。因此，在這首詩裡，黃庭堅首先引用曹植的〈洛神賦〉來形容水仙，「被花惱」也引自杜甫的〈江畔獨步尋花七絕句〉（二六頁）。這首詩的結尾轉折也很有趣，從水仙本身轉移到賞花人的心境，竟然是不想賞花了，轉而出門看廣闊的江景，足具新意。

在我的印象裡，水仙總是跟過年連結在一起。因這個時節正逢水仙的開花期，而嬌小的水仙植株又適合做盆栽，且氣質清新高雅，買一盆回來放在屋裡，不僅能點綴過年的氣氛，還有吉祥如意、團圓等寓意。

水仙也是少數在古代中國及西洋都有神話傳說的花卉。在中國，傳說水仙是在舜駕崩後，為其殉情於湘江的娥皇、女英之化身。在西洋，水仙則是希臘神話中因愛上自己的倒影而死於池水邊的納西瑟斯之化身。不過，中國水仙和西洋水仙的花型略有不同，兩者皆有輪形的副花冠，但中國水仙的花朵較小，主花冠為矮圓杯狀，而西洋水仙的花朵較大，主花冠多為長杯狀，又有喇叭水仙之稱。

真希・三月

54 虞美人・宜州見梅作

黃庭堅

天涯也有江南信，梅破知春近。
夜闌風細得香遲，不道曉來開遍向南枝。
玉臺弄粉花應妒，飄到眉心住。
平生個裏願杯深，去國十年老盡少年心。

注釋

題—**宜州**：今廣西宜山縣一帶。

一行—**信**：指花信，花朵開放的消息或特定時節。在古代，人們從小寒到穀雨的八個節氣之間，以每五日為一候，共二十四候，各挑選一種花期最準確的植物為代表，稱之為花信。／**梅破**：指梅花綻放。

二行—**夜闌**：夜深、夜將盡。／**不道**：不料。／**向南枝**：因太陽在南方，面向南方的枝頭花朵先綻放。

三行—**玉臺**：鏡臺、梳妝臺。／**弄粉**：指化妝。／**飄到眉心住**：引用南朝劉宋時代壽陽公主的軼事，相傳某日她在梅花樹下睡午覺，梅花飄落在額頭上印下花痕。

四行—**個裏**：在這樣的情景裡。／**杯深**：指杯子深可裝很多酒，意為暢快飲酒。／**去國**：離開朝廷。

*賞讀譯文請見二三九頁

真希：

真高興看到妳和男友弘宇一起來探望我們。你們倆在一起，看來滿登對的，對妳來說，應該是幸福的選擇吧？

對了，我錯過妳的生日了吧？我突然想起妳的生日好像在三月，特地去翻了畢業留言本，果然沒錯。真抱歉，我來補個生日滿月祝福——祝妳永遠幸福快樂！（雖然簡單又老套，卻是百分百真心的。）

這次，我選讀黃庭堅的〈虞美人・宜州見梅作〉，是他被貶謫到外地所寫的詞，與之前賞讀的柳宗元〈早梅〉（四六頁）的創作背景有幾分雷同，同時也都有被朝廷摒棄在外的感嘆。而「玉臺弄粉花應妒，飄到眉心住」，則跟和凝的〈望梅花〉（七二頁）一樣，引用了壽陽公主的傳說。

不過，比較這兩首詩詞裡的梅花綻放時節，總覺得有些兜不起來。柳宗元所在的楚地，正是黃庭堅的詞裡所說的江南，屬華中地區。柳詩裡的梅花早開了，黃詞裡的梅花卻跟其他梅花一樣開在暮冬，宣告春天即將到來。於是我好奇的查了中國大陸各地區的梅花期，西南地區是十二月至隔年一月，華中地區是二至三月，華北地區是三至四月。原來如此，對來自華北的柳宗元來說，梅花的確開得比較早；而對黃庭堅來說，不管身在何處，梅花在幾月綻放，在當地都意謂著春天的腳步近了。

明晴・四月

55 畫堂春

落紅鋪徑水平池

秦觀

落紅鋪徑水平池，弄晴小雨霏霏。
杏園憔悴杜鵑啼，無奈春歸。

柳外畫樓獨上，憑闌手撚花枝。
放花無語對斜暉，此恨誰知。

秦觀（1049～1100）字太虛、少遊。蘇門四學士之一。曾兩次落第，登進士第後，歷任秘書省正字、國史院編修官等職。新黨執政後，被貶至杭州、處州、郴州等地，最後卒於藤州。為婉約詞派代表。

注釋

一行—**落紅**：落花。／**水平池**：水滿到與池塘邊齊平。／**弄晴**：指乍晴還雨。

二行—**杏園**：指汴京中的園林。／**杜鵑**：指杜鵑鳥，初夏時常晝夜不停啼叫，叫聲類似「不如歸去」。相傳為商周至春秋時代之間的古蜀君主杜宇之魂所化，又叫杜宇、子規、鶗鴃、啼鴃、鵜鴃。／**歸**：回去。

三行—**畫樓**：華麗的樓閣。／**憑闌**：倚靠欄杆。／**撚**：用手指捏取、拿取。

四行—**放花**：放下花枝。

＊賞讀譯文請見二三九頁

明晴：

謝謝妳的「滿月」祝福。

不過，我和弘宇在那天的回程路上吵架了（唉），起因是我們談到創業的事。他最近剛滿三十五歲，正是他計畫好要開始籌備個人事業的時刻。他認為，過了這個年紀之後，如果沒有機會成為高階主管，就要開創一番事業，否則在職場上的價值會越來越低。我並不反對他創業，只是覺得他應該先找到能讓自己滿懷熱情投注心力的那件事，再想想如何從那件事出發去創業。但他卻是為了創業而創業，一心急著想找加盟條件看似不錯的連鎖店品牌合作，實在太過躁進了。目前，我們還在為此冷戰，尚未打破僵局。

算了，還是來賞讀詩詞吧。我選讀秦觀的〈畫堂春〉。上片是百花飄落、陰晴不定的春末殘景，下片則是獨坐畫樓的思婦，百無聊賴的捻花對夕陽，說不出心中的恨。這「恨」，指的應是某個不歸的遊子吧。

春末時節的思婦情懷，是古典詩詞裡常見的主題。即便已經賞讀過那麼多首，還是不覺得膩，因為每首詩詞都能欣賞到作者用心推敲出來的凝練字句，以及這些字句編織出的獨特畫面和氛圍。像這首詞裡，「憑闌手撚花枝，放花無語對斜暉」的畫面，就深深牽動了我的心。

真希．四月

56 蝶戀花

捲絮風頭寒欲盡

趙令畤

捲絮風頭寒欲盡，墜粉飄香，日日紅成陣。
新酒又添殘酒困，今春不減前春恨。
蝶去鶯飛無處問，隔水高樓，望斷雙魚信。
惱亂橫波秋一寸，斜陽只與黃昏近。

趙令畤（1051～1134）

字景貺，後蘇軾為之改字德麟，自號聊復翁。宋太祖次子燕王趙德昭的玄孫。曾任右監門衛大將軍、營州防御史、洪州觀察史等職，曾因元祐黨爭而被廢十年。之後，襲封安定郡王，遷寧遠軍承宣使。

注釋

一行 — **風頭**：風勢強勁。／**墜粉**：落花。

二行 — **困**：疲倦。

三行 — **望斷**：放眼遠望，直到看不見為止。／**雙魚**：指書信，源自漢代古詩〈飲馬長城窟行〉：「客從遠方來，遺我雙鯉魚，呼兒烹鯉魚，中有尺素書。」此外，古代人會將書信放在刻成魚形的兩片木片中。

四行 — **橫波**：指眼神流動，如水橫流。／**秋一寸**：亦指眼睛，如唐代李賀的〈唐兒歌〉的「一雙瞳人剪秋水」。

＊賞讀譯文請見二四〇頁

真希：

妳和弘宇已經和好了嗎？其實偶爾這樣吵架也不錯，可以藉此得知對方最在乎的事，如果通過考驗，將能更加了解彼此，感情也會更堅定。

妳知道，我先生是國中老師，在分派工作地點時，只能填選鄉鎮志願序，無法指定落腳地。最後我們雖然在同一個縣裡工作，卻是一南一北兩座城鎮，也跟我們各自的老家有點距離。當初，為了婚後應該定居在哪裡，也討論了好一陣子。每個人在乎的事都不一樣，必須要接受彼此的意見並各退一步，才有可能長久走下去。

這次，我選讀趙令時的〈蝶戀花〉，也是一首在暮春時節思念遊子的詞。與秦觀的〈畫堂春〉（一二四頁）相較，秦詞中所思念的是曖昧朦朧的人影，有可能是不存在的，只是當下的心緒；而趙詞裡的人物關係較為明確，透過「今春不減前春恨」、「望斷雙魚信」，讓讀者知道那人已經離開一年以上，而且音訊全無。這種望眼欲穿的感覺，讓我想起國中時的暗戀心情；在遠處觀望，暗自期待對方會主動接近自己，但對方卻沒把我放在眼底，最後當然只是空等一場。我那時喜歡的男生，沒有參加上次的同學會，也沒聽說他和其他同學聯絡的消息，讓我差點忘了有這回事，反而是讀到這首詞時勾起了這份心情。不知道他現在過得怎麼樣，希望他一切都好。

明晴・四月

57 水龍吟

問春何苦匆匆

晁補之

問春何苦匆匆，帶風伴雨如馳驟。
幽葩細萼，小園低檻，壅培未就。
吹盡繁紅，占春長久，不如垂柳。
算春長不老，人愁春老，愁只是人間有。
春恨十常八九，忍輕孤芳醪經口。
那知自是桃花結子，不因春瘦。
世上功名，老來風味，春歸時候。
縱樽前痛飲，狂歌似舊，情難依舊。

晁補之（1053～1110）

字無咎，號歸來子。蘇門四學士之一，工書畫。出身文學世家，晁沖之為其堂弟。登進士第後，曾任校書郎、著作佐郎、吏部員外郎、禮部郎中等職，知濟州、河中府等地。

題序：次韻林聖予惜春。

【注釋】

一行—**馳驟**：騎馬疾奔。

二行—**幽**：清麗、高雅的。／**葩**：花。／**檻**：欄杆。／**壅培**：用泥土或肥料培養在植物根部。／**就**：完成。

五行—**孤**：辜負。／**芳醪**：指醇酒。

六行—**自是**：自然是。

七行—**歸**：回去。

八行—**痛飲**：暢飲、痛快的喝。／**狂歌**：縱情高歌。／本句另有「最多情猶有，尊前青眼，相逢依舊」的版本。青眼指喜悅時的眼睛。

＊賞讀譯文請見二四〇頁

明晴：

謝謝妳的關心。這陣子，我們雖然在冷戰，但下班後還是會一起吃晚餐（當然，氣氛很僵……）。前幾天，天氣突然變得好炎熱，我們便在餐後買了冰淇淋來吃。弘宇突然想起小時候和鄰居妹妹一起追在賣叭噗冰淇淋的機車後面跑時，曾立志以後要開冰淇淋店。他問我這個點子怎麼樣？我覺得滿有趣的，可以研究看看，所以我們決定一起利用工作暇餘來研究冰淇淋的製作方式和開店細節，等有了完整的企畫，也確定弘宇對這件事有長期投入的熱情後，再付諸行動。沒想到，我們之間的歧見就這樣跟著冰淇淋一起融化了。

這次，我選讀晁補之的〈水龍吟〉，詞中以豁達、感傷兼具的口吻來敘說春離去一事。上片先以風雨打落花朵來形容春光的短暫，再歸結「愁只是人間有」；接著下片的「那知自是桃花結子，不因春瘦」，指出花落是為了結果、生幼苗，並非因春的離去而消瘦，但另一方面，對老年人來說，人生功名就跟春離去一樣，已到結束的時候，無法挽回了，只有跟老友飲酒笑談這件事仍如同往昔。

我最有感覺的是「世上功名，老來風味，春歸時候」這句，不管晁補之的本意是因眷戀功名而感嘆，抑或打從心裡看破世俗功名，對我來說，都提醒了外在虛名短暫如雲煙，應該追求能讓自己真心感到幸福喜悅的事。

真希‧五月

58 鹽角兒・亳社觀梅

晁補之

開時似雪，謝時似雪，花中奇絕。
香非在蕊，香非在萼，骨中香徹。
占溪風，留溪月，堪羞損山桃如血。
直饒更疏疏淡淡，終有一般情別。

—注釋—

題—亳社：亳州祭祀土地神的廟。
一行—奇絕：非常奇妙。
二行—骨：指枝幹。／香徹：香透。
三行—占：占有。／留：留下。／堪：可以，能夠。／羞損：羞慚減損。／山桃如血：鮮紅似血的山桃花。
四行—直饒：即使。／更：變得。
＊賞讀譯文請見二四一頁

真希：

之後，妳打算辭掉工作，跟弘宇一起開冰淇淋店嗎？但這是妳喜歡做的事嗎？

不管面對再怎麼喜歡的人，都不能放棄自己真正想做的事；在愛情關係裡，不能只是其中一方委曲求全。就算現在是快樂的，但若長久壓抑自我，那種遺憾悔恨的心情會一直糾纏不休，讓兩人之間的感情慢慢出現裂縫。一旦累積的情緒突然爆發，就難以收拾了。希望妳能再多想想。

這次，我選讀晁補之的〈鹽角兒・亳社觀梅〉，跟先前賞讀過的詠梅詩詞相比，如林逋〈山園小梅〉（九〇頁），感覺起來這首詞中的梅花形象比較鮮明，那如雪般的白花，從枝幹透出的香氣，讓溪邊的涼風和天上的明月眷戀停留，亦使鮮紅的山桃花黯然失色，就算花開得疏疏淡淡，也別有一番風情。讓人感覺得出晁補之對梅花是真心喜歡的。

能打從心底喜歡某件事物，是幸福的。對於孩子們的未來，我並不求他們在學業上有多好的表現，只希望他們能找到一件讓自己樂在其中，又能引發滿腔熱情的事，然後全心全意投入去做。這跟妳對弘宇的期許是一樣的吧？妳也別忘了要這樣期許自己喔。

明晴・五月

59 花犯

粉牆低

周邦彥

粉牆低，梅花照眼，依然舊風味。露痕輕綴，疑淨洗鉛華，無限佳麗。去年勝賞曾孤倚，冰盤同宴喜。更可惜，雪中高樹，香篝熏素被。

今年對花最匆匆，相逢似有恨，依依愁悴。吟望久，青苔上旋看飛墜。相將見脆丸薦酒，人正在空江煙浪裏。但夢想一枝瀟灑，黃昏斜照水。

周邦彥（1056～1121）字美成，自號清真居士。因獻〈汴都賦〉而被召為太學正，曾任徽猷閣待制、大晟府提舉，中年後任順昌府和處州等地方小官。精通音律，任大晟府提舉期間，不僅審訂古調，也創設許多音律，為格律派詞的奠基者。

注釋

一行—**粉牆**：粉白色的牆。／**照眼**：映入眼簾。

二行—**露**：露水。／**鉛華**：脂粉。／**佳麗**：美好的樣子。

三行—**勝賞**：快意遊賞。／**冰盤**：白瓷盤。／**同**：供。／**宴喜**：宴飲喜樂。

四行—**可惜**：憐惜。／**雪中高樹**：指梅樹。／**香篝**：內燃香料，用來熏衣物的熏籠。

五行—**依依**：留戀不捨的樣子。／**愁悴**：憂傷憔悴。

七行—**相將**：將要。／**脆丸**：指梅子。／**薦酒**：釀酒。／**空江**：浩瀚寂靜的江面。／**煙浪**：即煙波，雲煙瀰漫的水面。

八行—**黃昏斜照水**：引自北宋林逋的〈山園小梅〉：「疏影橫斜水清淺，暗香浮動月黃昏。」（見九〇頁）

＊賞讀譯文請見二四二頁

明晴：

老實說，我還沒有想過是否要和弘宇一起開冰淇淋店，我們倆也從沒討論過，不知道他的想法是什麼。

妳的提問讓我想了好久，在回信給妳的此時，仍然猶豫不決。我很樂意陪在弘宇身邊一起打拚，但所謂的「一起打拚」，若是給予心靈及精神上的支持，算嗎？還是得身體力行、共同投入經營才算？

最近，我們在下班後到處去吃冰淇淋，也一起發想新口味，過程很開心（好像也變胖了不少……）。但要是生活裡只剩下冰淇淋呢？再加上經營的壓力，我會喜歡這種生活嗎？我並不確定。

這次，我選讀周邦彥的〈花犯〉，也是一首詠梅詞，但賞梅這件事成了映襯周邦彥生活的背景，透過「去年勝賞」、「今年對花最匆匆」、「但夢想一枝瀟灑」，描述了過去、現在和未來的變化。

周邦彥年輕時在官場上曾經順遂過，但中年之後就被調到各地方州縣任職，因而有此飄泊不定的感嘆。但我覺得，無論生在什麼年代，每個人的人生都會有意想不到的變化突然降臨的時刻，不同的是現代人握有的選擇權多一些。

坦白說，我並不想放棄現在的工作；對我來說，從事自己所喜歡的工作，是件很重要的事。但我又想，和弘宇一起開店或許也會有其他美好的收穫。不過，也有可能弘宇並不想要我干涉他的事業。我想，等冰淇淋店的企畫告一段落後，再跟弘宇好好談談。

真希・五月

60 虞美人

落花已作風前舞

葉夢得

落花已作風前舞，又送黃昏雨。
曉來庭院半殘紅，惟有游絲千丈嫋晴空。
殷勤花下同攜手，更盡杯中酒。
美人不用斂蛾眉，我亦多情無奈酒闌時。

葉夢得（1077～1148）字少蘊。登進士第後，曾任官翰林學士、戶部尚書、尚書左丞、江東安撫大使等職。晚年隱居湖州卞山，自號石林居士。

題序：雨後同幹譽、才卿置酒來禽花下作（注：來禽為林檎的別名，又稱花紅、沙果，為中國特有的蘋果品種。）

注釋

一行—**曉**：清晨。／**殘紅**：落花。／**游絲**：飄在半空中，由昆蟲類所吐的絲。／**嫋**：搖晃，擺蕩。另一版本為「罥」，指懸掛、纏繞。

三行—**殷勤**：懇切、周到。

四行—**闌**：殘、盡。／**斂**：指緊皺。／**蛾眉**：指女子細長柔美的眉毛。另有版本為「蛾眉」，因女子的眉毛細長而彎曲，像蛾的觸鬚，故有此稱。

*賞讀譯文請見二四三頁

真希：

這首葉夢得的〈虞美人〉也是以暮春為背景的詞，落花、黃昏雨、殘紅、酒闌等，全是美好事物臨近尾聲的詞句，有著鮮明的畫面感，讀起來卻沒有太濃烈的感傷，意境跟先前賞讀的杜甫〈曲江〉（二四頁）、宋祁〈木蘭花〉（九四頁）、晁補之〈水龍吟〉（一二八頁）頗為相近，都是以暮春來比擬人生苦短，在正視這個事實之餘，帶有「盡歡」的意味。

最近家裡的長輩開始出現罹患失智症的徵兆，讓我對這首詞的感受特別深刻，想要緊抓住這最後剩餘的美好時光。在常見的老年疾病中，失智症通常被貼上「可悲」、「可憐」之類的標籤，因為它不只奪去了健康，也奪去了人們最珍視的情感、記憶與尊嚴。我為此而翻閱了《去看小洋蔥媽媽》，裡面提到「忘記並非全是壞事」，稍稍安撫了我的情緒，卻仍不免感傷。我不只是為「被重要的人遺忘」這件事感到難過，也想到要是有一天我將遺忘孩子們的一切，該怎麼辦呢？心痛的感覺頓時又加倍了。

妳也許又對我怎會說這些話感到訝異吧？其實，在當媽媽之後，我深切感受到、也真正懂得了親子間的緊密連繫與牽絆（這就是所謂養兒方知父母恩吧！），內心的柔軟部分也被喚醒，不再凡事純理性思考了。

明晴·五月

61 踏莎行

雪似梅花　　呂本中

雪似梅花，梅花似雪，似和不似都奇絕。
惱人風味阿誰知，請君問取南樓月。
記得去年，探梅時節，老來舊事無人說。
為誰醉倒為誰醒，到今猶恨輕離別。

呂本中（1084～1145）
原名大中，字居仁，號紫微。知名道學家，世稱東萊先生。為宰相呂公著的曾孫，早年因恩蔭而任承務郎、樞密院編修官、職方員外郎等職，之後被賜進士出身，任起居舍人、中書舍人等職，最後因觸怒秦檜而結束官場生涯。

注釋

一行—**奇絕**：非常奇妙。
二行—**風味**：滋味。／**阿誰**：何人。／**取**：語助詞。／**南樓**：a 化用《世說新語．容止》中，庾亮和下屬在南樓賞月的典故。
三行—**去年**：在此指往年。／**老來**：年老之後。
四行—**輕**：輕易。

＊賞讀譯文請見二四三頁

明晴：

真遺憾聽到這個消息。老實說，我對於失智症的存在始終感到疑惑。人生的進程不該是逐步學習成長，到最後圓滿豐收的嗎？然而失智症卻毀去這一切努力，讓人不禁懷疑人生的目的到底是什麼呢？難道只能以世事無常來解釋？那活著又有什麼意義呢？可是，若不走到人生的最後一刻，我們是無法看清它的面貌的，所以也只能打起精神繼續活下去了，是吧？

這次，我選讀呂本中的〈踏莎行〉，它跟晁補之〈鹽角兒‧亳社觀梅〉（一三〇頁）的相同處，是用雪來比擬梅花；而跟周邦彥〈花犯〉（一三二頁）的相似處，則是以賞梅情境來呈現時移事往的感慨。

在臺灣，除了高山之外幾乎不會下雪，沒辦法見識到梅花、雪花齊放的畫面，我好奇的上網搜尋相關照片，已可約略體會到那震懾人心的美。我想，要是能親眼目睹，我也會跟詞人們一樣為此吟詩作對吧！

看到美景時，人們在驚聲讚歎後的下一個反應，通常是「如果誰也能看到就好了！」，總希望能與某個重要的人分享。好友一起看美景，愉悅程度會加倍；獨自看美景，則讓人更覺得形單影隻。我想，就是因為這樣，才會有這麼多藉賞花情境的變化，來表達「去歲誰在身邊，今年那人卻不在」之感觸的詩詞誕生吧！

真希‧六月

62 玉樓春・紅梅

紅酥肯放瓊苞碎，探著南枝開遍未。
不知醞藉幾多香，但見包藏無限意。
道人憔悴春窗底，悶損闌干愁不倚。
要來小酌便來休，未必明朝風不起。

李清照

李清照（1084～1156）號易安居士。出身官宦書香世家，與丈夫趙明誠感情甚篤，熱衷於書畫金石的搜集。遭逢黨爭、宋室南遷等變故，詞作主題從悠閒生活轉為感傷悲嘆身世。

注釋

一行—**紅酥**：胭脂，代指紅梅。／**瓊苞**：美玉般的花苞。另有版本為「瓊瑤」。／**碎**：指花瓣。／**探**：拜訪、看望。／**南枝**：朝南的樹枝。

二行—**醞藉**：醞釀。／**幾多香**：另有版本為「幾多時」。

三行—**道人**：李清照的朋友。另有其他說法，認為「道人」是李清照自稱，或是「知道人」之意，主詞為梅枝。／**悶損**：煩悶。另有版本為「閑損」、「閑拍」。／**闌干**：即欄杆。

四行—**酌**：另有版本為「看」。／**休**：語末助詞，如「了」等。

*賞讀譯文請見二四四頁

真希：

這首李清照的〈玉樓春・紅梅〉，是藉由賞梅來講美好事物易逝這件事，乍看之下似乎與呂本中的〈踏莎行〉（一三六頁）有些相似，但兩者的描述重點與手法截然不同。除了白梅與紅梅的差別外，呂詞著重在過去與現在的人事變化，感嘆「分離」一事；李詞則從含苞待放講起，想像其盛開的景況，再說到風隨時可能把花打落，想賞花得要快，帶著「天有不測風雲」的憂慮。我一直認為，每個人都活在自己所定義的世界裡；萬物所擁有的意義，都是人所給予的。同樣的花、同樣的季節，因為人心和境遇的不同而有了萬種面貌，並成就了萬首詩詞。

對了，阿豪和小君要結婚了，婚期訂在九月。他們打算利用婚禮再開一場同學會，希望召集更多同學（他們不收禮金，沒有大賺一筆的意思），要我幫忙詢問妳的意願，妳想參加嗎？

他們倆真的很用心，還一一跑到失聯的同學家裡詢問聯絡方式，現在只差幾位沒聯絡上。聽說阿賢在南部當賣車業務，沒想到以前那麼忠厚老實、木訥寡言的他，竟然會選擇這個行業，讓我有些意外。或許現在的他，早已經跟我那時所喜歡的樣子相差甚遠了。

明晴・六月

63

好事近

風定落花深

李清照

風定落花深，簾外擁紅堆雪。
長記海棠開後，正傷春時節。

酒闌歌罷玉尊空，青缸暗明滅。
魂夢不堪幽怨，更一聲啼鴂。

【注釋】

一行【**定**：停。／**深**：厚。／**擁紅堆雪**：堆積了紅色、白色的落花。擁，為圍攏、聚集之意。

二行【**長記**：永久記得。／**海棠**：薔薇科蘋果屬的落葉喬木。三、四月時開紅色花。與草本植物秋海棠不同。

三行【**闌**：盡。／**罷**：終了、完畢。／**玉尊**：精美貴重的酒杯。／**缸**：燈盞。／**暗**：默不作聲的。／**明滅**：忽明忽暗。

四行【**魂夢**：夢；夢魂。古人認為人的靈魂能在睡夢中離開肉體，故有此稱。／**不堪**：忍受不了。／**幽怨**：鬱結於心的愁恨。／**啼鴂**：杜鵑鳥。初夏時常晝夜不停啼叫，叫聲類似「不如歸去」。相傳為商周至春秋時代之間的古蜀君主杜宇之魂所化，又叫杜宇、鶗鴂、鵜鴂。（鴂，為鴃的異體字。）

＊賞讀譯文請見二四四頁

明晴：

我把時間記下來了，會盡量到場參加。

但我不太明白，為什麼阿豪和小君這麼在乎國中同學的情誼呢？雖然我也很懷念那些時光，想念那個懵懂卻勇敢談夢想的年紀，卻完全沒有留下所有朋友的想法，總覺得那個世界已經離我好遙遠了。

妳提起阿賢的事，讓我也想起那個我曾經很喜歡的男生。妳有聽說阿智的消息嗎？他上次也沒來參加同學會。以前，他的人緣很好，身邊總圍繞著許多朋友，怎麼畢業後都沒跟大家聯絡了？

這次，我選讀李清照的〈好事近〉，是一首盈滿憂愁的傷春詞。在風吹過後，滿地盡是落花，連美酒、吟歌和燈火也都到了盡頭，魂夢裡盡是讓人無法承受的幽怨，偏偏又傳來杜鵑鳥「不如歸去」的鳴叫聲，讓心情跌到谷底。

一般認為，上片中的「海棠」，對應的是李清照昔日所寫的〈如夢令〉：「昨夜雨疏風驟，濃睡不消殘酒。試問捲簾人，卻道海棠依舊。知否，知否，應是綠肥紅瘦。」在一夜風雨後，海棠花不可能完好美麗，應是綠葉受雨水滋潤而肥大，花卻被打得殘破才是。在李清照心中，脆弱的花朵成了青春年華及美好時代的象徵。

阿豪和小君想要留下的，是不是相識時的青春美好呢？真是浪漫呢！

真希・六月

64 漁家傲

雪裏已知春信至　李清照

雪裏已知春信至。寒梅點綴瓊枝膩。
香臉半開嬌旖旎，當庭際，玉人浴出新妝洗。
造化可能偏有意，故教明月玲瓏地。
共賞金樽沉綠蟻，莫辭醉，此花不與群花比。

注釋

一行—**春信**：春天的信息。／**瓊枝**：覆雪的梅枝如玉。／**膩**：細緻、滑潤。

二行—**嬌旖旎**：嫵媚嬌豔。／**當**：對著、向著。／**玉人**：原為用玉雕成的人像，多指美女。在此代指梅花。／**新妝**：女子剛修飾好的容妝。

三行—**造化**：大自然。／**玲瓏地**：使大地晶瑩明亮。玲瓏，明亮的樣子。

四行—**金樽**：珍貴的酒杯。／**綠蟻**：本指酒面上的泡沫，也叫浮蟻，後代指酒。／**群花**：眾多的花。

＊賞讀譯文請見二四五頁

真希：

我倒覺得阿豪和小君很棒，或許有些情誼的流逝在所難免，但在能力所及的範圍內，我們還是可以做些什麼來改變甚至轉扭它的吧。

李清照的〈漁家傲〉裡，也充滿了沉浸在其中的快樂和喜悅。這首詞的創作時間比我們先前賞讀的〈玉樓春・紅梅〉（一三八頁）還要早，是李清照在未經變故前的幸福時光裡所寫的，因此她眼中看到的梅花，單純是上天賜予的美好禮物，沒有多想花兒凋謝的事。

在歷經一些悲歡離合之後，人們往往選擇放棄曾經相信過的美好。因為害怕失落，而決定不抱期待，真的很可惜。有些東西只要你願意伸手去抓，是有可能抓到的，為何不試試看呢？

我總認為人生就像在走捲軸迷宮，在每個分岔路都有選擇權，而每條分岔路後面有著截然不同的人生在等待我們，而不是只有唯一一條、不可抵抗的人生道路。

所以我覺得他們願意為自己所相信的、所想要的事物付出努力，真的很棒。就像我們倆在婉怡的婚禮上重逢後又開始通信聯絡一樣，說不定大家都能藉此拾回某些珍貴的情誼。

對了，差點忘記說阿智的事。他目前定居在上海做生意，最近似乎有跟大陸女友結婚的打算，不確定是否會來參加同學會。

明晴・六月

65 鷓鴣天・桂

暗淡輕黃體性柔，情疏跡遠只香留。
何須淺碧輕紅色，自是花中第一流。
梅定妒，菊應羞，畫欄開處冠中秋。
騷人可煞無情思，何事當年不見收。

李清照

【注釋】

一行【暗淡：不鮮豔、不明亮。／輕黃：鵝黃、淡黃。／體性柔：本性柔和。／情疏：情懷疏淡。／遠：遠離、避開。

二行【何須：何必，不需要。

三行【羞：羞愧，難為情。／畫欄：畫有花紋裝飾的欄杆。／畫欄開處：引自李賀《金銅仙人辭漢歌》的「畫欄桂樹懸秋香」。／冠：超越、領先，最優秀的。

四行【騷人：指《離騷》作者屈原，該書中提及許多花木，卻沒有桂花在列。／可煞：可是，是否，疑問詞。／情思：情意、情感。／何事：為何。

*賞讀譯文請見二四五頁

明晴：

謝謝妳告訴我阿智的消息。這週剛收到阿豪和小君邀請我加入臉書的國中同學社團，我加入後，發現阿智也是社團成員，還在猶豫要不要對他按下交友邀請。畢竟，我以前都是躲在旁邊偷偷看他，沒跟他講過幾句話，畢業後又失聯了那麼久，似乎不必因為臉書而刻意讓彼此的生活有所交集。（唉，在人際關係上，大多時候我都是退縮被動的。）

這次，我選讀李清照的〈鷓鴣天．桂〉，她認為桂花雖然外表不搶眼，但其香氣足以使它列為群芳之首，甚至讓梅和菊自嘆弗如，還怪當年的屈原為何忽略了它。

我也很喜歡桂花的香氣，但我第一次認識桂花香，卻是透過口香糖。小時候，我曾吃過一種薄片口香糖，它的包裝是深紫色，上頭畫有女孩和小黃花圖樣，至於品牌則完全沒印象了。雖然只吃過一次，但那口香糖的香味已深深烙印在我的記憶中，後來才知道原來那就是桂花香。

現在，我在套房的窗邊擺了開乳黃色花的四季桂盆栽。人們對「八月桂花香」這句話的印象很深刻，但四季桂全年都會開花，盛花時期是在天氣涼爽的春、秋兩季，每到這兩個季節，就會有我眷戀的花香飄進屋內。我曾在花市看到開白花的銀桂，但仔細嗅聞後，卻發現它的香味比較接近七里香，而非我印象中的桂花香。

真希．七月

66 春晴懷故園海棠

二首

楊萬里

・其一

故園今日海棠開，夢入江西錦繡堆。
萬物皆春人獨老，一年過社燕方回。
似青似白天濃淡，欲墮還飛絮往來。
無那風光餐不得，遣詩招入翠瓊杯。

・其二

竹邊臺榭水邊亭，不要人隨只獨行。
乍暖柳條無氣力，淡晴花影不分明。
一番過雨來幽徑，無數新禽有喜聲。
只欠翠紗紅映肉，兩年寒食負先生。

楊萬里（1127～1206）

字廷秀，號誠齋。曾任太常博士、秘書監、寶謨閣學士等職，力主抗金，後因奸相專權而辭官隱居。自創淺白幽默、清新自然的「誠齋體」。

一注釋一

題—**海棠**：薔薇科蘋果屬的落葉喬木。三、四月時開紅色花。與草本植物秋海棠不同。

一之一行—**故園**：故鄉。／**今日**：現在、目前。／**江西**：楊萬里的故鄉。／**錦繡**：織錦刺繡，泛指精美的絲織品，在此比喻海棠花。

一之二行—**社**：社日，為古代祭祀土地神的日子，有祈求豐收的春社及感謝收成的秋社。在此指春社。

一之三行—**墮**：向下墜落。／**往來**：去與來。

一之四行—**無那**：無奈。／**餐**：吃、食。／**遣**：運用。／**翠瓊**：綠色的美玉。

二之一行—**臺榭**：「臺」是高而平的方形建築物，「榭」是臺上有屋，指樓臺等建築物。

二之二行—**乍暖**：剛剛變暖。／**淡晴**：微晴。／**分明**：清楚、明白。

二之三行—**一番**：一次。／**新禽**：新生的小鳥。／**喜聲**：報喜聲；歡呼之聲。

二之四行—**翠紗紅映肉**：出自北宋蘇軾的〈寓居定惠院之東雜花滿山有海棠一株土人不知貴也〉，紅是指海棠花，肉是指肌膚。／**作者原注**：「予去年正月離家之官，蓋兩年不見海棠矣！」

*賞讀譯文請見二四六頁

真希：

我倒是沒有多想就對阿賢發出交友邀請，他也接受了。雖然我們在臉書上只會在對方的新動態上按讚，不會特別留言或是傳訊息給對方，但畢竟大家曾經同學一場，又能在斷訊多年後重新接上線，實在是難得的緣分。能夠靠臉書保持某種程度的聯繫，知道對方近況如何，在需要時伸出援手，這樣就很好了。

這次，我選讀楊萬里的〈春晴懷故園海棠〉。這組詩並沒有花大篇幅來描述海棠的美，只有第一首詩的開頭和第二首詩的結尾提到，其餘全是對身邊春日情景的描述，而這些美景對照出的是人的青春不在，以及景色雖美仍比不上故鄉的海棠花。賞讀起來，我倒認為重點不在海棠花，而是故園往事。

楊萬里是在離家於廣州任職時寫下這首詩的，所處情境的確不如過往美好。不過，在大部分人心中，不管現況如何，過去總是美好的。我想，這是因為人心隨著成長而逐漸變得複雜，明白了灰色地帶必然存在的事實，而開始懷念起那樣純真而絕對的態度。另外，就是因為自己安然走過那些歲月了，與眼前的未知相比，回想起過往反而有種安心感。想與舊識保持聯繫，也是出於這樣的心態吧。

明晴・七月

67 摸魚兒

更能消幾番風雨

辛棄疾

更能消幾番風雨，匆匆春又歸去。
惜春長怕花開早，何況落紅無數。
春且住，見說道天涯芳草無歸路。
怨春不語，
算只有殷勤，畫檐蛛網，盡日惹飛絮。

長門事，準擬佳期又誤，蛾眉曾有人妒。
千金縱買相如賦，脈脈此情誰訴。
君莫舞，君不見玉環飛燕皆塵土。
閒愁最苦，
休去倚危闌，斜陽正在，煙柳斷腸處。

辛棄疾（1140～1207）

字幼安，號稼軒。生於金國，祖父辛贊為金國縣令，卻教育他要抗金復宋。二十多歲時歸宋，曾任建康通判、提點江西刑獄、湖南安撫使、江西安撫使等地方官，多次上書獻策未獲重視，亦多次被彈劾。晚年時多隱居江西。人稱「詞中之龍」，與蘇軾合稱「蘇辛」。

題序：淳熙己亥，自湖北漕移湖南，同官王正之置酒小山亭，為賦。

注釋

一行—**消**：禁得起。／**幾番**：幾次。／**歸去**：回去。

二行—**長怕**：總是擔心。／**落紅**：落花。

三行—**且**：暫且。／**見說道**：聽說。

五行—**算**：看來。／**殷勤**：辛勤。／**畫檐**：檐即簷，畫檐指有畫飾的屋簷。／**盡日**：整天。／**惹**：沾惹。／**飛絮**：飄飛的柳絮。

六行—**長門事**：指〈長門賦序〉中，被打入冷宮的陳皇后，奉黃金百萬請司馬相如為自己寫賦，並因此重獲漢武帝寵愛。／**準擬**：確定、一定。／**蛾眉**：女子的眉毛像蛾的觸鬚而有此稱，亦代指美女。

七行—**相如賦**：指〈長門賦〉。／**脈脈**：含情，藏在內心的感情。

八行—**君**：指善妒之人。／**玉環飛燕**：楊玉環、趙飛燕。

九行—**閒愁**：無端而來的愁緒。

十行—**危闌**：即危欄，高樓上的欄杆。／**斷腸**：比喻極度悲傷。

＊賞讀譯文請見二四七頁

明晴：

我時常覺得，臉書等社群網站的神奇之處，是讓人尋回許多失落的友誼，建構起龐大寬廣的人際網絡。但另一方面，卻也因為彼此的動態時時可見，人們反而不會再主動問候了。人際之間缺少真正的對話，使交流的深度變得淺薄。不過，這點會因為個人使用習慣不同而有很大的差異就是了。

這次，我選讀辛棄疾的〈摸魚兒〉，也仔細讀了他的生平，這才知道素有愛國詞人之稱的他，竟然是在金國出生長大，先是投奔義軍抗金，而後歸宋。他滿懷抱負，卻始終未獲重用，在這首詞裡也隱含這樣的感嘆，還有他對宋朝廷態度的轉折變化。

當一個人懷才不遇時，到底該如何是好？繼續堅持下去？抑或轉個彎另尋新路呢？弘宇雖然算不上懷才不遇，但他為了開創人生新局而決定轉換跑道。開冰淇淋店似乎是他的天職，他最近總是埋頭不斷研究，眼裡散發出熾熱的火光，從不覺得厭倦，也時常迸出新點子。倒是我，已經覺得有點吃膩了……

我有點擔心弘宇會過於好大喜功，急著一飛衝天，而忘了應該踏實走穩每一步才是。但正在熱頭上的他，聽不進別人的意見，只能等他稍微冷靜下來後，再提醒他了。

真希·七月

68 滿江紅・暮春

辛棄疾

家住江南，又過了清明寒食。
花徑裏，一番風雨，一番狼籍。
紅粉暗隨流水去，園林漸覺清陰密。
算年年落盡刺桐花，寒無力。

庭院靜，空相憶。無說處，閒愁極。
怕流鶯乳燕，得知消息。
尺素如今何處也，彩雲依舊無蹤跡。
謾教人羞去上層樓，平蕪碧。

—注釋—

一行—**寒食**：節令名，通常在冬至後第一〇五日，在清明節前一或二日。傳統上當日禁火，一律吃冷食。

二行—**狼籍**：凌亂不堪。

三行—**紅粉**：落花。／**暗**：暗自。／**清陰**：清涼的樹蔭。

四行—**算**：算來，估計。／**刺桐**：一種落葉喬木，開朱紅色的花，花期為三至四月。／**寒無力**：再也冷不起來。

五行—**空**：徒然地。／**相憶**：想念。／**閒愁**：無端而來的愁緒。／**極**：極度。

六行—**流鶯**：四處飛翔的黃鶯鳥。／**乳燕**：剛孵生雛燕的母燕。／**消息**：在此指心事。

七行—**尺素**：指書信。古人會用一尺長左右的白色素絹來寫信。／**彩雲**：指思念的人。

八行—**謾**：空，徒然。／**層樓**：高樓。／**平蕪**：雜草繁茂的平原。

＊賞讀譯文請見二四八頁

真希：

冰淇淋店的形式和口味都定案了嗎？預計何時開店呢？希望一切都順利！

這次，我選讀辛棄疾的〈滿江紅・暮春〉，主題是常見的對遠方遊子的思念之情。在翻閱相關資料時，我發現一件很有趣的事。或許是辛棄疾素以豪放詞及愛國情操聞名，有些學者不願相信這只是一首抒婦人之懷的詞，而認為詞中必然有所影射，所思念的對象其實是宋朝廷；也有學者提醒人們不要刻板的做此聯想。

至於我喜歡的部分，是詞中對春末夏初景色轉變的描寫：「流水暗隨紅粉去，園林漸覺清陰密。」落花隨著流水而去，樹葉越來越濃密茂盛。夏天時在樹下乘涼，實是美事一樁，有何不好？

此外，詞裡還出現古典詩詞中少見的「刺桐花」。刺桐花主要分布在熱帶，江南地區很少見。因辛棄疾曾在福建任職，而當時福建泉州栽種了大量刺桐樹，有此地緣關係，刺桐花才有機會入詞。

刺桐是臺灣早期常見的落葉喬木，因四季景觀變化大，有「四季樹」之稱，也成為平埔族、卑南族進行漁牧農耕工作的參考，如花開了就該捕漁、種地瓜等等。刺桐的盛花期在四、五月，因火紅花瓣的生長排列模樣狀似雞冠，也有「雞公樹」之稱，很有趣吧。

明晴・七月

69 水龍吟

鬧花深處層樓

陳亮

鬧花深處層樓，畫簾半捲東風軟。
春歸翠陌，平莎茸嫩，垂楊金淺。
遲日催花，淡雲閣雨，輕寒輕暖。
恨芳菲世界，游人未賞，都付與鶯和燕。
寂寞憑高念遠，向南樓一聲歸雁。
金釵鬥草，青絲勒馬，風流雲散。
羅綬分香，翠綃封淚，幾多幽怨。
正銷魂，又是疏煙淡月，子規聲斷。

陳亮（1143～1194）

原名汝能，後改名陳亮，字同甫，號龍川。多次以布衣身分上書論國事，兩度被誣陷入獄。五十一歲時中進士，在赴任途中身亡。主戰派，與辛棄疾交好。

—注釋—

一行—**鬧花**：繁花盛開。／**層樓**：高樓。／**畫簾**：有畫飾的簾子。／**東風**：春風。／**軟**：輕柔。

二行—**歸**：回來。／**平莎**：平原上的莎草。／**茸**：草初生細柔的樣子。／**垂楊**：柳樹的別名。／**金淺**：淺淡的金黃色，指柳樹的花色。

三行—**遲日**：春日，源自《詩．豳風．七月》：「春日遲遲，采蘩祁祁。」／**閣**：同「擱」，停留、延緩。

四行—**芳菲**：繁盛的花草世界。／**游人**：遊客。／**付與**：拿給、交付。

五行—**憑高**：登上高處。／**念遠**：對遠方人或物的思念。／**歸雁**：大雁、鴻雁的別名。是一種候鳥，於春季返回北方，秋季飛到南方越冬，故有此稱。

六行—**金釵鬥草**：拔金釵玩鬥草遊戲。／**青絲**：青色絲繩。／**風流雲散**：風吹雲散，全無蹤跡。

七行—**羅綬**：羅帶，絲質衣帶，是古人贈別的信物之一。／**翠綃**：綠色的薄絹。／**封**：封住。／**幾多**：多少。／**幽怨**：隱藏於內心的愁恨。

八行—**銷魂**：哀傷至極，好像魂魄離開形體而消失。／**子規**：杜鵑鳥。初夏時常晝夜不停啼叫，叫聲類似「不如歸去」。

＊賞讀譯文請見二四九頁

明晴：

冰淇淋店的形式還沒敲定。弘宇的點子太多、太雜亂了，我們正在讀一些店鋪經營相關書籍，試著理出頭緒。不過，我們已經同步在找店面，希望能順利在明年春天開幕。同時，我也在設計要用來當店裡吉祥物的冰淇淋娃娃。

這次，我選讀陳亮的〈水龍吟〉，它跟辛棄疾的〈滿江紅・暮春〉（一五〇頁）一樣，是豪放派愛國詞人所寫的婉約詞；不同的是，多數學者皆認為這首詞裡必有隱喻，「念遠」所指的是北方失土，絕非僅止於閨思。

不過，我還是想讀它的表面情境。上片的春日景觀、下片的思緒轉折，都有著鮮明的畫面，宛如分鏡般，可以直接畫成動畫。透過這首詞，也讓人明白，當心不在此地時，就算眼前有多少美景都是枉然。

就像為了逃離某件事而去旅行時，在尚未想通或是找到解決方法之前，心裡仍會懸著那件事，眼前所見也將會是那件事的映照，無法獲得真正的自由。心被綁縛在出發之處，無論走到天涯海角，都彷如飄浮的幽魂般踩踏不到地，沒有踏實感。

但這不代表出走是無用的。在旅行途中，這些非日常所見的人事物，總會給人某些刺激和觸動，然後在某個時刻讓人突然靈光一閃，茅塞頓開，獲得真正的解脫。

真希・八月

70 小重山令・賦潭州紅梅

姜夔

人繞湘皋月墜時，斜橫花樹小，浸愁漪。
一春幽事有誰知，東風冷，香遠茜裙歸。
鷗去昔遊非，遙憐花可可，夢依依。
九疑雲杳斷魂啼，相思血，都沁綠筠枝。

姜夔（1155～1221）字堯章，號白石道人。少年孤貧，屢試不第，終身布衣，遊歷四處，靠賣字及友人接濟為生。多才多藝，精通詩詞、散文、書法、音律等，為格律派詞人。

【注釋】

題—**潭州**：湖南長沙。

一行—**湘**：湘江。／**皋**：岸邊。／**浸**：在此指倒映。

二行—**幽事**：戀情。／**東風**：春風。／**茜**：大紅色。

三行—**可可**：嬌小。／**依依**：留戀不捨。

四行—**九疑**：山名，又名「九嶷山」，位於湖南。相傳為舜帝葬身處。傳說中舜帝的妃子娥皇與女英，在舜帝死後傷心哭泣的眼淚沾染了竹子，使其變成斑竹。此處暗用此典故。／**雲杳**：迷失在雲霧中。／**斷魂**：極度悲傷到好像失去魂魄。／**沁**：滲透。／**筠**：竹子的青皮。

＊賞讀譯文請見二五〇頁

真希：

妳和弘宇已經辭掉工作，專心籌備開店的事了嗎？

這次，我選讀姜夔的〈小重山令・賦潭州紅梅〉，它不同於我們先前賞讀的、似有隱喻的辛棄疾〈滿江紅・暮春〉（一五〇頁）和陳亮〈水龍吟〉（一五二頁），而是貨真價實的戀歌，藉由賞紅梅來遙想逝去的愛情。

姜夔曾與合肥一對善彈琵琶的歌女姊妹交好，至於他是喜歡其中一位或兩位？在我讀到的資料裡並無一致的說法，如今也無法查證，暫且先放一邊。不過，這首詞最後的「九疑雲杳斷魂啼，相思血，都沁綠筠枝。」中，「相思血」是紅梅的比喻，而這三句的典故都是引自舜與娥皇、女英兩位妃子的故事。相傳舜在南巡途中過世後，葬於九嶷山上；娥皇、女英得知消息，便在湘江邊傷心流淚，讓該地的竹子都染上斑斑淚痕，成了今日所稱的斑竹。最後兩人投湘江自盡身亡，被人們稱為湘江女神、湘夫人。由此看來，這兩位女子在姜夔心中或許都具有重要地位。

說到這裡，就不免評論幾句。現今社會雖然已經採一夫一妻制，卻有不少男女仍默許一夫多妻的情況，對於男人外遇劈腿一事，都認為是可理解、難以避免的，也傾向要求妻子寬宏大量，接受在犯錯後選擇回頭的丈夫。但對我來說，就算有孩子的牽絆，還是會選擇馬上一刀兩斷。我無法容許他人如此糟蹋我的愛情和尊嚴。

明晴・八月

71

暗香

舊時月色

姜夔

舊時月色，算幾番照我，梅邊吹笛。
喚起玉人，不管清寒與攀摘。
何遜而今漸老，都忘卻春風詞筆。
但怪得竹外疏花，香冷入瑤席。

江國，正寂寂。歎寄與路遙，夜雪初積。
翠尊易泣，紅萼無言耿相憶。
長記曾攜手處，千樹壓西湖寒碧。
又片片吹盡也，幾時見得。

題序：辛亥之冬，余載雪詣石湖，止既月，授簡索句，且征新聲，作此兩曲……乃名之曰暗香、疏影。（注：辛亥指南宋光宗紹熙二年。石湖為詩人范成大。）

注釋

一行─**舊時**：從前。／**幾番**：幾次。

二行─**玉人**：美人。源自北宋賀鑄的〈浣溪紗〉：「玉人和月摘梅花。」／**清寒**：清朗而有寒意。／**與**：一起。

三行─**何遜**：南朝梁代詩人，任揚州法曹時，常在梅花樹下吟詠。但之後再抵揚州時，卻吟詠不出新作。／**忘卻**：忘記。／**春風**：何遜的〈詠春風詩〉：「可聞不可見，能重復能輕。鏡前飄落粉，琴上響餘聲。」代指作者自己的文采。

四行─**竹外疏花**：竹林外的稀疏梅花。／**香冷**：寒冷的梅花香氣。／**瑤席**：席座的美稱。

五行─**江國**：江南水鄉。／**寂寂**：寂靜。／**寄與**：指寄贈梅花。化用自南北朝陸凱的〈贈范曄〉：「折花逢驛使，寄與隴頭人。江南無所有，聊贈一枝春。」

六行─**翠尊**：翠綠的酒杯，代指酒。／**紅萼**：指紅梅。／**耿**：指耿耿，掛懷在心。／**相憶**：想念。

七行─**長記**：永遠記得。／**千樹**：指西湖旁山上的梅花林。／**壓**：倒映。／**寒碧**：給人清冷感覺的碧色。代指清冷的湖水。

八行─**幾時**：何時。

＊賞讀譯文請見二五〇頁

明晴：

我們還在DF電視集團上班，目前都是利用下班後及週末時間進行籌備工作。關於辭職的事，我們還沒有討論過。

我選讀姜夔的〈暗香〉，是他去拜訪范成大（即石湖）時，受託創作的新詞牌作品，另一首名為〈疏影〉，這兩個詞牌名都是取自北宋詩人林逋〈山園小梅〉（九〇頁）的「疏影橫斜水清淺，暗香浮動月黃昏」。

在這首詠梅詞裡，姜夔懷想的仍是合肥情事。這份始終糾結在心的相思之情，讓我冷不防地想起了亞翔。對他的思念，近來已逐漸淡出我的心緒，只是偶爾仍會像根刺針突然扎進我的世界，就如五月天的那首〈突然好想你〉，讓我心痛得冷汗涔涔。

我能理解同時喜歡多個對象的情況。從情竇初開到現在，曾經喜歡過的那些人，每個都有吸引自己的獨特之處，是無法互相取代的吧。若剛好這些人出現在同一個時空裡，難免會讓人三心二意，為誰才是自己的真命天子／女而感到迷惑。

但這不代表劈腿就是可接受的事。畢竟迷惑只是心理層面，要付諸行動腳踏兩條船且做好掩護，是縝密思考後的行為，並非一句意亂情迷就可以帶過。

真希・八月

72 高陽臺・西湖春感

張炎

接葉巢鶯，平波卷絮，斷橋斜日歸船。
能幾番遊，看花又是明年。
東風且伴薔薇住，到薔薇春已堪憐。
更淒然，萬綠西泠，一抹荒煙。

當年燕子知何處，但苔深韋曲，草暗斜川。
見說新愁，如今也到鷗邊。
無心再續笙歌夢，掩重門淺醉閒眠。
莫開簾，怕見飛花，怕聽啼鵑。

張炎（1248～1318）字叔夏，號玉田、樂笑翁。貴族後裔，二十九歲時南宋都城臨安被攻陷，從此家道中落，落魄而終。格律派詞人，著有《詞源》。

注釋

一行——**接葉**：樹葉濃密相接。／**巢鶯**：築巢的黃鶯。／引自唐代杜甫的〈陪鄭廣文游何將軍山林十首〉：「卑枝低結子，接葉暗巢鶯。」／**絮**：柳絮。／**斷橋**：西湖的橋名。／**歸船**：返家的船。

三行——**東風**：春風。／**且**：暫時。／**薔薇**：薔薇的花期為五至九月。

四行——**淒然**：悲傷的樣子。／**萬綠**：大片綠意。／**西泠**：西湖的橋名，該橋附近原有人居住。／**荒煙**：荒野的煙霧。

五行——**燕子**：指在富貴人家前的燕子，引自唐代劉禹錫的〈烏衣巷〉：「舊時王謝堂前燕，飛入尋常百姓家。」／**知何處**：不知在何處。／**深**：茂盛。／**韋曲**：唐代的韋氏貴族世居於長安城南，該地稱為韋曲，在此指達官貴人宅邸。／**暗**：幽深、陰翳。／**斜川**：江西的湖泊名，晉代陶潛曾寫過〈遊斜川〉一詩，代指西湖邊的遊覽地。

六行——**見說**：聽說。／**鷗邊**：海鷗所在處，表示新愁已廣傳到遠方。

七行——**笙歌**：樂器演奏和歌聲。／**重門**：屋內的門。

八行——**飛花**：飄飛的落花。／**鵑**：指杜鵑鳥，初夏時常晝夜不停啼叫，叫聲類似「不如歸去」。

＊賞讀譯文請見二五一頁

真希：

我怎麼覺得妳有點在逃避談辭職的事？辭職的時間點應該是創業很重要的一環吧？還是妳不想辭職呢？

這次，我選讀張炎的〈高陽臺·西湖春感〉，身為貴族後裔的他，在青壯年時遭逢亡國之痛，仕途上毫無發展可言，詞作中時時流露出亡國後人事皆非的悲痛，這首詞即是其中之一。在這些困頓潦倒的日子裡，張炎潛心研究聲律，寫出了《詞源》，上卷談論音樂詞律，下卷則談論詞的創作形式，成為文學史上的重要著作。

這讓我聯想到，面對沒有希望的未來時，像是在日漸沒落的黃昏產業裡，政局紛亂或經濟崩盤的時代裡，該如何自處呢？基本上，我相信人的韌性，也相信天無絕人之路。無論是多麼紛亂的時代，總有英雄及富豪誕生；就算是再美好繁華的時代，也有人流淪街頭。事在人為，只要勇敢面對時代的改變，一定能找到安身立命之道的。

我不是樂於追名逐利的人，也不求孩子們要胸懷什麼大志。只希望他們能找到各自喜歡做的事和生存之道，以踏實的方法自力更生，同時懷著平靜、喜悅的心情走完人生，這樣我就滿足了。

明晴·八月

73 法曲獻仙音

層綠峨峨

王沂孫

層綠峨峨，纖瓊皎皎，倒壓波浪清淺。
過眼年華，動人幽意，相逢幾番春換。
記喚酒尋芳處，盈盈褪妝晚。

已消黯，況淒涼近來離思，
應忘卻明月夜深歸輦。
荏苒一枝春，恨東風人似天遠。
縱有殘花，灑征衣鉛淚都滿。
但殷勤折取，自遣一襟幽怨。

王沂孫（約 1230 ～ 1291 年前後在世，南宋末）

字聖與，號碧山、中仙、玉笥山人。入元後，曾任慶元路學正。與周密、張炎相唱和，亦與蔣捷、張炎、周密並稱「宋末四大家」。

題序：聚景亭梅次草窗韻（注：草窗即周密，宋末元初文人。）

注釋

一行｜**層綠**：指綠梅。／**峨峨**：盛美。／**纖瓊**：細玉，指白梅。／**皎皎**：潔白的樣子。／**倒壓**：倒映貼近。／**清淺**：清澈不深。

二行｜**過眼**：經過眼前，比喻迅疾短暫。／**年華**：歲月；時光。／**幽意**：幽閒的情趣。／**幾番**：幾次。

三行｜**尋芳**：出遊賞花。／**盈盈褪妝**：美色退落。／**晚**：遲。

四行｜**消黯**：黯然銷魂。／**況**：何況。

五行｜**輦**：車子。

六行｜**荏苒**：柔弱的樣子。／**一枝春**：指梅花。／**東風**：春風。／**似**：表示比較、差等之詞。

七行｜**殘花**：殘存的花朵。／**征衣**：旅人之衣。／**鉛淚**：眼淚。引自唐代李賀〈金銅仙人辭漢歌〉的「空將漢月出宮門，憶君清淚如鉛水」。

八行｜**但**：僅、只。／**殷勤**：情意深厚。／**取**：語助詞，置於動詞後，表示動作的進行。／**遣**：排遣。／**襟**：心胸、懷抱。／**幽怨**：鬱結於心的愁恨。

＊賞讀譯文請見二五二頁

明晴：

被妳看穿了。對於辭職一事，我仍然猶豫不決，所以我刻意不談這個話題。倒是弘宇也從來沒提起過，真不知道他在想什麼。

對了，妳女兒最近上小學了吧？適應得如何呢？她和弟弟相處得愉快嗎？（看妳臉書上的照片，小兒子長得頭好壯壯呢！）

這次，我選讀王沂孫的〈法曲獻仙音〉，這首詞唱和的是周密〈法曲獻仙音・弔雪香亭梅〉：「松雪飄寒，嶺雲吹凍，紅破數椒春淺。襯舞臺荒，浣妝池冷，淒涼市朝輕換。歎花與人凋謝，依依歲華晚。／共淒黯，問東風幾番吹夢，應慣識當年，翠屏金輦。一片古今愁，但廢綠平煙空遠。無語消魂，對斜陽衰草淚滿。又西泠殘笛，低送數聲春怨。」這兩首詞的地點，聚景亭和雪香亭，都是在昔日南宋皇家園林——緊鄰西湖的聚景園裡。周詞透過弔梅來憑弔故國，王詞則是藉賞梅來懷想故國，並追憶友人。

記得幾年前，我們就讀的國中因為建築老舊而全面改建，連教室和操場的位置都調換了。平常順道經過時，總是匆匆從圍牆外往內一瞥，在感嘆之餘也安慰自己：「世事多變，這是無可避免的。」直到某日，我心血來潮走進校園，深刻感受到曾待過的教室、走過的廊道、跑過的操場皆不復存時，還是有股想哭的衝動。所謂的逝者已矣，就是這樣吧！

真希・九月

74 洞仙歌

雪雲散盡

李元膺

雪雲散盡，放曉晴庭院，楊柳於人便青眼。
更風流多處，一點梅心，相映遠，約略顰輕笑淺。
一年春好處，不在濃芳，小豔疏香最嬌軟。
到清明時候，百紫千紅，花正亂，已失春風一半。
早占取韶光共追游，但莫管春寒，醉紅自暖。

李元膺
約為北宋之宋哲宗、徽宗時人。曾任南京教官。
題序：一年春物，惟梅柳間意味最深。至鶯花爛漫時，則春已衰遲，使人無復新意。余作〈洞仙歌〉，使探春者歌之，無後時之悔。（注：鶯花指鶯啼花開，代指春日景色。）

注釋

一行——**曉**：天剛亮，清晨。／**盡**：完畢。／**於**：對。／**青眼**：指細長如眼的初生柳葉。
二行——**風流**：風韻美好動人。／**梅心**：梅花的苞蕾。／**相映**：互相映襯。／**約略**：略微，輕微。／**顰**：皺眉。
三行——**濃芳**：繁茂的花。／**小豔**：初綻的鮮豔花朵。／**疏香**：指梅花。化用自北宋林逋的〈山園小梅〉：「疏影橫斜水清淺，暗香浮動月黃昏。」／**嬌軟**：柔美。
四行——**亂**：熱鬧。
五行——**占取**：占有。／**韶光**：美好時光。／**追游**：同「追遊」，指尋勝而遊；追隨遊覽。／**醉紅**：酒醉後臉部泛紅色。

＊賞讀譯文請見二五三頁

真希：

我女兒很喜歡新鮮事物，每天都興高采烈的上學去；而且，她班上也有一些幼稚園時期就認識的同學，暫時沒有交友上的問題，讓我鬆了一口氣。至於她和弟弟的相處，我感覺她把現在只能躺在床上亂踢亂翻滾的弟弟當成玩偶，閒來無事就捏捏他的圓臉、肥腿的。不過，她都流露出喜愛疼惜的眼神，這也讓我放心不少。

我很喜歡李元膺的這首〈洞仙歌〉，詞裡充滿了樂觀積極、歡喜自得的態度，尤其是最後的「早占取韶光共追游，但莫管春寒，醉紅自暖」，我希望孩子們在面對喜愛的事物時，也能像這樣把握時機勇於追逐。此外，我也很喜歡「一年春好處，不在濃芳，小豔疏香最嬌軟」，這樣不流於俗的獨特觀點。

最近我收到學校發的社團報名簡章，我女兒竟然說她想要學古箏（真不知她是在哪裡看過演奏古箏的畫面），我也爽快答應她。不過，我不打算馬上買臺古箏回來，想讓她先利用課餘時間在學校練習，等這學期過後，若她真的對彈古箏感興趣，再來考慮。

現在是孩子尋找及培養興趣的階段，只要孩子有興趣，我就會讓她去學學看。學完一期後，若她發現自己不感興趣，我不會勉強她繼續學；但若她有興趣，我就會要求她至少學三、五年，以培養她不輕言放棄、持續努力的習慣。

明晴・九月

75 水龍吟

夜來風雨匆匆

程垓

夜來風雨匆匆，故園定是花無幾。
愁多怨極，等閒孤負，一年芳意。
柳困桃慵，杏青梅小，對人容易。
算好春長在，好花長見，原只是人憔悴。

回首池南舊事，恨星星不堪重記。
如今但有，看花老眼，傷時清淚。
不怕逢花瘦，只愁怕老來風味。
待繁紅亂處，留雲借月，也須拚醉。

程垓（約 1186 ~ 1194 年前後在世）
字正伯，號書舟。

注釋

一行**夜來**：入夜。／**故園**：故鄉。
二行**等閒**：隨便。／**孤負**：辜負。／芳意：春意。
三行**困**：疲倦。／**慵**：慵懶。／**容易**：輕易、隨便
五行**池南**：原指蜀地，此處代指故鄉。／**星星**：比喻白髮。
六行**但**：只。
七行**瘦**：纖瘦。
八行**繁紅**：繁花。／**處**：時候、時刻。／**拚**：拚命。

*賞讀譯文請見二五四頁

明晴：

收到阿豪和小君的喜帖時，我沒有仔細看喜宴地點，直到那天才發現他們竟然是租下國中禮堂來辦宴席，這份對「國中」的執著實在令人佩服呢。這座禮堂是校園裡唯一留有我們足跡的地方，雖然以前都是來這裡參加無聊的朝會等活動，但是一重回舊地，還是讓人感到很懷念。我也沒想到，他們竟然把大家當年的拙照全都放大沖洗，掛在牆上。還好弘宇沒有跟來，要不然我真想挖個地洞鑽下去。

記得去年要跟大家碰面時，心裡還有些膽怯，但現在已經有「很難得、要好好珍惜」的想法了。

這次，我選讀程垓的〈水龍吟〉，是一首感嘆年華老去的詞作。與「算好春長在，好花長見，原只是人憔悴」類似的字句，在舒亶的〈一落索・蔣園和李朝奉〉（一一六頁）裡也有：「只應花好似年年，花不似人憔悴。」

國中時，我很喜歡校園角落的那株九重葛，她在夕照下的剪影模樣至今仍深印在我的腦海裡。這次，我突然想起這件事，特別跑去找她。幸好她長在角落，安然躲過了重建前的拆除作業，而且生長得比以往更加高壯繁盛。因為日照充足，整棵樹開滿了花朵。雖然我與青春已漸行漸遠，但看到九重葛美麗更勝以往，還是很開心。

真希・九月

76 雪梅 二首

盧梅坡

・其一

梅雪爭春未肯降，騷人擱筆費評章。
梅須遜雪三分白，雪卻輸梅一段香。

・其二

有梅無雪不精神，有雪無詩俗了人。
日暮詩成天又雪，與梅並作十分春。

盧梅坡

南宋詩人，生平不詳。

※關於第二首的作者，亦有相關學者認為是盧鉞（生卒年不詳，淳祐四年〔1244年〕進士）或是方岳（1199~1262，紹定五年〔1232年〕進士）。

注釋

一之一行**降**：屈服。／**騷人**：本指《離騷》的作者屈原，之後泛指詩人、文士。／**評章**：評論；品評。

一之二行**遜**：比不上、不及。

二之一行**精神**：風采神韻。／**俗**：平凡的、平庸的。

二之二行**日暮**：傍晚、黃昏。／**十分**：充實圓滿。

*賞讀譯文請見二五五頁

真希：

我想，國中時期的友情之所以珍貴，是因為彼此間沒有利害關係，交流的是純粹喜歡及關懷對方的情感吧。當然，比較之心在所難免，但這愛面子的心態，應該會推動彼此往更好的生活邁進吧。（呵）

這次，我選讀盧梅坡的〈雪梅〉。在這兩首詩裡，盧梅坡將梅和雪仔細做了評比，甚至也將自己寫的詩牽扯進來，讀來十分有趣。我們先前也賞讀了幾首與梅、雪有關的詩詞，其中呂本中的〈踏莎行〉（一三六頁）裡，也將兩者拿來做比較：「雪似梅花，梅花似雪，似和不似都奇絕。」原來，在古人所處的世界裡，梅和雪如此難分難捨，讓人不得不正視它們的關係。但說到底，古人所吟詠的重點還是「梅花」，雪只是用來襯托梅花不畏寒冷、勇於綻放的骨氣。

我也希望孩子們能培養出這樣的挫折忍受力。不過，我不會誇張到故意為孩子製造挫折或是處處跟孩子作對，而是遇到這類狀況時再進行機會教育。只是，每種狀況都有多種應對方式，像是玩具不小心弄壞了，可以指責孩子：「怎麼不好好愛護玩具呢？」也可以安慰孩子：「東西用久了總是會壞的。」得全盤考量後再反應，沒有標準答案的。

明晴·九月

77 落梅風 二首

馬致遠

・其一

人初靜，月正明，
紗窗外，玉梅斜映，
梅花笑人休弄影，
月沉時，一般孤另。

・其二

薔薇露，荷葉雨，
菊花霜，冷香庭戶，
梅梢月斜人影孤，
恨薄情，四時孤負。

馬致遠（約1250～1321）號東籬。中年中進士後，曾任浙江省官吏、大都工部主事等職，晚年辭官隱居。元代知名雜劇作家，並與關漢卿、鄭光祖、白樸並稱「元曲四大家」。

注釋

一之二行—**玉梅**：白梅。／**映**：因光線照射而顯影。

一之三行—**休**：另有版本為「偏」。／**弄影**：指物體動，使影子也隨著搖晃或移動。

一之四行—**一般**：一樣、相同。／**孤另**：孤伶、孤單。

二之二行—**庭戶**：泛指庭院。

二之四行—**薄情**：薄情的人。／**四時**：四季。／**孤負**：辜負。

*賞讀譯文請見二五六頁

明晴：

在這兩首馬致遠的〈落梅風〉裡，夜景裡的月下梅花不是主角，而是烘托氣氛的配角，情調跟前面賞讀過的詠梅詩截然不同。

我總覺得馬致遠非常擅長先堆疊場景畫面，再於最後點出題旨的手法，除了這兩首之外，他最知名的作品〈天淨沙・秋思〉：「枯藤老樹昏鴉，小橋流水人家，古道西風瘦馬。夕陽西下，斷腸人在天涯。」也是如此。

畫面的感染力真的很神奇，那是人與景物間的無言交流；而每個人看到同樣的畫面時，所感受到的也經常是同樣的情緒氛圍。就算用相機拍下、用筆描繪在紙上，或是訴諸於文字，以詩詞或散文方式再現這一畫面，也能將同樣的情緒氛圍傳達出去。為何會如此呢？這跟榮格所說的集體潛意識有沒有關聯呢？或許是人心的組成成分原本就類似，才會如此吧。

但人心的有趣之處，也在於感受到相同的情緒氛圍後，有著天差地別的反應。各自被勾起的回憶、所延伸想像的情境，皆不相同；有人樂意沉浸其中，也有人想要快快擺脫它。正因為如此，這世界的各種文學及藝術創作才會有這麼精彩的面貌吧。

真希・十月

78 楚天遙過清江引

有意送春歸

薛昂夫

有意送春歸，無計留春住。
明年又著來，何似休歸去。
桃花也解愁，點點飄紅玉。
目斷楚天遙，不見春歸路。

春若有情春更苦，暗裏韶光度。
夕陽山外山，春水渡傍渡，
不知那搭兒是春住處。

薛昂夫（1267～1359）維吾爾族人。原名薛超吾，漢姓為馬，又字九皋，亦稱馬昂夫、馬九皋。曾任江西省令史、太平路總管、衢州路總管等職。

【注釋】

一行—**無計**：沒有辦法。
二行—**何似**：何不，何妨。
三行—**解愁**：懂得憂愁。／**紅玉**：指桃花。
四行—**目斷**：視線盡頭。／**楚天**：春秋戰國時期的楚國在長江中下游一帶，之後泛指南方天空。
五行—**暗裏**：暗地裡。／**韶光**：美好的時光、春光。／**度**：通過、經歷。
六行—**渡傍渡**：流過其他渡口。傍，指別的、其他的；通「旁」。
七行—**那搭兒**：哪裡，哪邊。
＊賞讀譯文請見二五七頁

真希：

這次，我選讀薛昂夫的〈楚天遙過清江引〉，作者寫出了送春歸去的矛盾心情：想留春卻留不住，決定要送春歸去，卻又想探知它的行蹤。其中最可愛的一句，便是「明年又著來，何似休歸去」。換個場景，就像年幼的孩子對出門上班的爸媽說：「反正你們晚上還會回來，不如就不要出門吧！」那般任性。

但很多事情都有必經之路，就算看似繞了一圈又回到原地，人的視野和見解已經有所改變，內涵不再相同了。就像我妹，她先前因為跟主管衝突不斷，再加上對未來的方向感到迷惘，便辭掉設計公司的工作，暫時休息一段時間。在她釐清思緒，決定開始找新工作時，前主管正好也聯絡她，希望她再回去上班。我妹本來有些猶豫，但談了幾次之後，覺得可以再試試看，便又回到原來的工作崗位。

她說，雖然工作內容跟先前完全一樣，但她已經找到應對主管及處理事情的方法。改變的關鍵，在於她提醒自己，自己和主管具有同等價值，不會因職位高低而有本質上的尊卑之分。有了這樣的自我認同和自信後，她就能冷靜且思路清楚地處理每件事。同時，她也確立了將來要開設個人工作室的方向，把現階段視為吸取經驗及存錢的時期。雖然環境跟以往一樣，但因為她調整了心態，工作起來便比以前開心許多。

明晴・十月

79 楚天遙過清江引

花開人正歡

薛昂夫

花開人正歡，花落春如醉。
春醉有時醒，人老歡難會。
一江春水流，萬點楊花墜。
誰道是楊花，點點離人淚。

回首有情風萬里，渺渺天無際。
愁共海潮來，潮去愁難退，
更那堪晚來風又急。

【注釋】

三行—**一江春水流**：引自南唐李煜的〈虞美人〉：「問君能有幾多愁，恰似一江春水向東流。」／**楊花**：即柳絮。

四行—**離人**：傷離的人。／引自北宋蘇軾的〈水龍吟〉：「細看來，不是楊花，點點是離人淚。」

五至六行—**回首**：回想，回憶。／**渺渺**：遼闊而蒼茫的樣子。／**共**：一起、一同。／引自北宋蘇軾的〈八聲甘州‧寄參寥子〉：「有情風萬里卷潮來，無情送潮歸。」

七行—**更那堪**：更何況，再加上。／**晚來**：夜晚來臨之際。／**急**：速度快且力道猛的。

＊賞讀譯文請見二五七頁

明晴：

這次，我選讀薛昂夫的另一首〈楚天遙過清江引〉，裡面化用許多前人的詞句，讓人讀來熟悉又有新意。但我最喜歡開頭的「花開人正歡，花落春如醉。春醉有時醒，人老歡難會」，尤其是「花落春如醉」的比喻，真是絕妙又獨特。

這首曲中的「愁共海潮來，潮去愁難退，更那堪晚來風又急」，頗貼合我現在的心情。上週，弘宇和我一起回家參加我弟的婚禮，這讓他開始思考結婚與創業何者為先的問題。在返回臺北的途中，他探詢我的意思，同時也討論到辭職的事。當他得知我仍在猶豫時，感到相當錯愕。他一直以為我們之間有一起辭職、共同打拚的默契，而這也是他所夢想的未來。

我坦誠告訴他，我不是沒想過，可是我每次一想到要辭掉工作，胸口就會緊繃得透不過氣來。依我過往的經驗，代表這會是錯誤的決定。至於結婚，我覺得要趕在年底前完婚，實在太匆促了；再加上若要分心處理婚事，應該會影響到冰淇淋店的開店進度，不如先專心把冰淇淋店做好，等經營狀況穩定了再說。

雖然在婚事的處理上，弘宇同意我的想法，但他卻對我不願爽快辭職一事感到耿耿於懷，甚至開始懷疑我不夠愛他。這讓我有點沮喪，該不會這次又會因為我無法配合對方追求他的夢想，而導致戀情告吹吧？我果然不適合談戀愛嗎？

真希・十月

80 滿江紅

漠漠輕陰

文徵明

漠漠輕陰，正梅子弄黃時節。
最惱是，欲晴還雨，乍寒又熱。
燕子梨花都過也，小樓無那傷春別。
傍闌干欲語更沉吟，終難說。

一點點，楊花雪。一片片，榆錢莢。
漸西垣日隱，晚涼清絕。
池面盈盈清淺水，柳梢淡淡黃昏月。
是何人吹徹玉參差，情淒切。

文徵明（1470～1559）
原名壁，字徵明，後以徵明為名，並更字徵仲；號衡山居士。以書畫享盛名。多次落第，五十四歲時經推薦及考核後，擔任翰林院待詔，但四年後便因不喜官場文化而辭官，潛心研究詩文書畫。

—注釋—

一行—**漠漠**：昏暗的樣子。／**輕陰**：微陰的天色。

三行—**無那**：無奈。

四行—**傍**：依靠。／**闌干**：即欄杆。／**更**：反而。／**沉吟**：深思。

五行—**楊花**：即柳絮。／**榆錢**：榆筴，榆樹在春季結成的果實，形狀似錢，俗稱榆錢。

六行—**垣**：矮牆。／**清絕**：淒清至極。

七行—**盈盈**：清澈。

八行—**吹徹**：吹遍，吹到最後一曲。／**玉參差**：鑲有玉飾的排簫或笙。／**淒切**：淒涼而悲切。

＊賞讀譯文請見二五八頁

真希：

我能理解弘宇的想法。依我這幾年輔導農友轉型休閒農業的經驗，幾乎都是農友夫妻甚或全家一起投入。其實，在這之前，我不太明白為什麼許多公司都是家族企業，如今總算漸漸懂了。畢竟這是要傾全力和資產投入的事業，與其找個素昧平生的人來幫忙，不如跟熟識又有默契的人一起努力，一起享受成果。此外，創業初期難免收入不穩定，自己人可以共體時艱，外人卻往往難以接受，可能很快就逃之夭夭，平添不穩定的因素。不過，我跟妳說這些，並不是要妳勉強自己，只是提出這個角度的看法給妳參考。

不過，我想再多問一下，現在這份工作對妳來說，有什麼不可放棄的理由呢？我知道妳很喜歡，我也一向贊成要從事能讓自己樂在其中的工作，但除此之外呢？只要妳仔細想一想，說不定會發現更多可能。

這次，我選讀文徵明的〈滿江紅〉，這也是首傷春離去的詞，有梅子弄黃、楊花雪、榆錢莢等鮮明的春末景象，和「欲晴還雨，乍寒又熱」這般反覆不定的春日天氣。但是從「傍闌干欲語更沉吟，終難說」、「是何人吹徹玉參差，情淒切」等詞句，讓我覺得詩詞背後似乎藏了什麼沒說出來的祕密心事，卻又找不到任何提示。藉詞發洩心事，卻絲毫不著痕跡，真是高明又吊人胃口的手法。

明晴‧十月

81 風流子．送春

李雯

誰教春去也，人間恨，何處問斜陽。
見花褪殘紅，鶯捎濃綠，思量往事，塵海茫茫。
芳心謝，錦梭停舊織，麝月懶新妝。
杜宇數聲，覺余驚夢，碧欄三尺，空倚愁腸。
東君拋人易，回頭處，猶是昔日池塘。
留下長楊紫陌，付與誰行。
想折柳聲中，吹來不盡，落花影裏，舞去還香。
難把一樽輕送，多少暄涼。

李雯（1607～1647）字舒章。與陳子龍、宋徵輿共創雲間詞派。明崇禎時代的舉人，清軍入關時人在京城，被清朝政府羈留，任內閣中書舍人等職。南歸葬父後，在返京途中染病身亡。

注釋

一行—**教**：讓。

二行—**捎**：拂、掠。

三行—**芳心**：女子的情懷。／**謝**：凋零。／**麝月**：用黃色麝香在額間畫彎月圖案做為裝飾。

四行—**杜宇**：指杜鵑鳥，初夏時常晝夜不停啼叫，叫聲類似「不如歸去」。相傳為商周至春秋時代之間的古蜀君主杜宇之魂所化，又叫子規、鵑鴃、啼鴃、鶗鴃。／**覺**：睡醒。／**碧欄**：碧玉製的欄杆。／**三尺**：約九十公分。／**愁腸**：憂思鬱結的心腸。

五行—**東君**：《楚辭．九歌》中有祭日神的〈東君〉篇，之後演變為春神。

六行—**長楊**：連綿的楊柳，亦指漢朝的長楊宮，代表都城。／**紫陌**：京城道路。／**付與**：拿給、交付。

七行—**折柳**：指笛曲〈折楊柳〉，表達懷念之情。／**不盡**：無窮盡、無限。

八行—**把**：拿、持。／**暄涼**：炎涼，比喻人情的冷暖。

*賞讀譯文請見二五九頁

明晴：

從旁人的眼光來看，我的工作只是負責製作臺內近期播映動畫的預告片，既沒有創作動畫的成就感，將來升遷的可能性也微乎其微，似乎沒有死抓著不放的理由。就連同行的弘宇，也不明白我為何要守著這個他選擇放棄的工作。

我想像過自己繼續待在動畫臺的未來，也想像過和弘宇一起經營冰淇淋店的生活。沒想到，讓我感到開心的是前者。我困惑了一陣子才想通，對我來說，製作冰淇淋是件好玩的事，但也僅止於好玩，我對它沒有長期投入的熱情。唯有沉浸在動畫的世界裡，才會讓我忘情投入；是這種精神上的滿足感，讓我無法放棄。我雖然沒有創作動畫的才華，卻有藝術家那種只想做自己喜歡的事的性格，真是糟糕啊。

這次，我選讀李雯的〈風流子．送春〉。身為明朝人的李雯，在情非得已下擔任清朝官員，內心卻受「忠臣不事二主」的想法所影響，不斷自責。這首詞送的是春天，也是故國明朝，充滿了依依不捨的心情，以及世事為何如此變化的疑問。我心中雖然已有定見，卻仍擔心要是做錯了決定，會不會像李雯這般自責不已？

目前，弘宇已經提辭呈，預計做到十一月底。至於我，他希望我最遲能在明年春節過後辭職。我會在這段期間好好思考的。

真希．十一月

82 畫堂春・雨中杏花

陳子龍

輕陰池館水平橋，一番弄雨花梢。
微寒著處不勝嬌，此際魂銷。
憶昔青門堤外，粉香零亂朝朝。
玉顏寂寞淡紅飄，無那今宵。

陳子龍（1608～1647）
初名介，字臥子、懋中、人中，號大樽、海士、軼符等。與李雯、宋徵輿共創雲間詞派。曾任紹興推官。明亡後，在太湖結兵準備抗清，因事跡敗露被捕後，投水自盡。

注釋

一行 **輕陰**：微陰的天色。／**池館**：池苑館舍。池苑指有池水和花木的園林，館舍指接待賓客住宿之所，亦泛指房屋。／**一番**：一陣。／**弄雨**：下雨。／**花梢**：花木的枝梢。

二行 **微寒**：微涼、輕寒。／**著**：發生。／**不勝**：非常、十分。／**嬌**：柔美可愛。／**此際**：此時，這時候。／**魂銷**：靈魂離體而消失，形容極度悲傷或歡樂激動。

三行 **青門**：漢代長安城的東南門，因城門為青色，俗稱「青門」，古人常在此折柳送別。後泛指京城城門或送別之地。（「柳」有「留」的諧音，表示挽留之意。）／**粉香**：指杏花。／**零亂**：散亂不整齊。／**朝朝**：指天天、每天。

四行 **玉顏**：指杏花。／**無那**：無奈。／**今宵**：今夜。

＊賞讀譯文請見二六〇頁

真希：

我想，在妳的內心深處，或許對創作動畫還抱有某種樣貌的夢想，並不如妳以為的已經放棄了。妳要不要也花點時間想想這件事？

我漸漸覺得，有時夢想並不是一開始就清楚顯現，而是透過人生的種種經歷才慢慢琢磨出來的。夢想也不一定是成就某件具體的事，也可能是某種狀態。此外，對於那些曾擁有過卻沒去實踐的夢想，無需責備自己的懦弱；為柴米油鹽而捨棄某些夢想，也無需感到羞愧；因為能夠自力更生養活自己，也是件很重要且負責任的事。只要時機成熟，隨時都可以行動，不管是重新追求擱置很久的夢想，或是新發現的夢想。

這次，我選讀陳子龍的〈畫堂春・雨中杏花〉，他對被雨打落的杏花充滿憐愛之情，有人認為杏花所指的是已覆亡的明朝，也有人認為是曾與陳子龍有過一段無疾而終之戀的名妓柳如是。我倒覺得，這首詞的情境可以用在盛開於多雨的冬春之際的花，像是梅花、櫻花、桃花、李花等等。這些花，包含杏花在內，都屬薔薇科植物，皆是在樹葉落盡後綻放花朵，因為它們的花朵大小相近，樹形外觀也相似，遠看時不容易分辨，得走近仔細瞧，才能認出它們的真實身分呢。

明晴・十一月

83 山花子・春恨

陳子龍

楊柳迷離曉霧中，杏花零落五更鐘。
寂寞景陽宮外月，照殘紅。
蝶化彩衣金縷盡，蟲銜畫粉玉樓空。
惟有無情雙燕子，舞東風。

【注釋】

一行【迷離：模糊難以分辨的樣子。／五更鐘：宋朝時曾有「寒在五更頭」，以諧音暗示宋的亡國時間。在此引為喪國聲。

二行【景陽宮：南朝陳的宮殿，陳後主在此被隋軍擒獲。／殘紅：落花。

三行【蝶化彩衣：清代宋廣業的《羅浮山志》裡記載了東晉道教學家、化學家、醫藥學家葛洪成仙後，遺衣化成彩蝶的故事，在此指明朝皇族死後一切化為烏有。／玉樓：華麗的樓閣。

＊賞讀譯文請見二六〇頁

明晴：

每個人在小時候都曾想像過自己長大後的模樣，或是大談我的志願，那應該就是所謂最初的夢想吧？但那時的自己，別說不了解世事，就連自己的才華和能耐也是一知半解。然後，藉由成長過程中經歷的一些事，漸漸定義出自己的價值，像是成績名列前茅，就認為自己或許適合當學者；旁人稱讚自己唱歌很好聽，就心想自己或許該闖蕩歌壇。再長大一點，逐漸感受到自己對某些特定事物的喜愛後，又再度勾勒出新的夢想樣貌。但是，邁向夢想的路途卻總是荊棘滿布，很少有人能抵達彼方。

在日劇《愛相隨》（いつもふたりで）中，松隆子飾演的谷町瑞穗一直夢想成為暢銷小說家，但後來認清自己的極限後，轉而在出版社編輯之路上努力。現在想來，我的情況跟谷町瑞穗很類似。但我是不是跟她一樣，對曾有過的夢想徹底死心了呢？在看到妳信中的提醒後，我的心確實有些動搖。

這次，我選讀陳子龍的〈山花子・春恨〉，其主題不似〈畫堂春・雨中杏花〉（一七八頁）曖昧，從詞中引用的典故即可明白陳子龍所描述的是亡國之痛。這空虛沉痛的心情，跟決定放棄夢想時的心情倒有幾分相似。但在我眼中，無情雙燕子不是降清舊臣，而是那些有幸實現夢想的人，他們真令人嫉妒呢。

真希・十一月

84 訴衷情・春遊

陳子龍

小桃枝下試羅裳，蝶粉鬥遺香。
玉輪碾平芳草，半面惱紅妝。
風乍暖，日初長，裊垂楊。
一雙舞燕，萬點飛花，滿地斜陽。

注釋

一行－**羅裳**：羅裙。絲羅製的裙子，泛指婦女的衣裙。／**蝶粉**：蝶翅上的天生粉屑。／**鬥**：競賽、比賽。／**遺香**：留下的香氣。

二行－**玉輪**：華麗馬車的輪子。／**半面**：指半邊臉面。／**紅妝**：指女子的盛妝，或指美女。

三行－**乍**：突然。／**裊**：搖曳、擺動。

四行－**飛花**：飄飛的落花。

＊賞讀譯文請見二六一頁

真希：

實現夢想的定義，是什麼呢？我覺得大部分人都把夢想與獲得名利結合在一起，像是近來流行的選秀節目，立基點就在於希望自己的才華被眾人看見、喜歡及肯定，然後大展鴻圖、名利雙收吧？但我認為，堅持完成某件自己想做的事，才是最重要的。

這次，我選讀陳子龍的〈訴衷情‧春遊〉，上片描寫人們趕著賞花的情景，下片旋即跳到暮春景象，給人韶光倏忽消逝、什麼也沒留下的感覺。名利對我來說也是如此，雖屬好事，卻無法長久留在身邊。

他人給予的光環，終究會被收回。一直以來，鎂光燈前的焦點人物一波換過一波，沒有誰能永遠站在浪頭上；再紅的電視節目也終有完結的一天。那些浮名終會被人們淡忘，虛利也將跟著離開；唯有那些被完成的事，才是真切存在的果實。但人們卻經常被名利沖昏頭，以為獲得名利才能證明自己的成功，開始追名逐利，或是沉浸在這份虛榮感中，完全忘記初衷，不再投入當初所愛的那件事裡，最後荒廢了才華，實在可惜。

所以，別把焦點放在那些光環上。重要的是，你想完成什麼事？你為此行動了嗎？如果能樂在其中地完成它，所獲得的心靈滿足感會比他人的讚賞更踏實。當然，若能被他人肯定，也很好。

如果因為處在迷惘中而動不了身，也不必心急，就放鬆地等待雲開日出的那天吧。

明晴‧十一月

85 秋柳 四首

王士禛

・其一

秋來何處最銷魂，殘照西風白下門。
他日差池春燕影，只今憔悴晚煙痕。
愁生陌上黃驄曲，夢遠江南烏夜村。
莫聽臨風三弄笛，玉關哀怨總難論。

・其二

娟娟涼露欲為霜，萬縷千條拂玉塘。
浦裏青荷中婦鏡，江干黃竹女兒箱。
空憐板渚隋堤水，不見琅琊大道王。
若過洛陽風景地，含情重問水豐坊。

王士禛（1634～1711）

字子真、貽上、豫孫，號阮亭、漁洋山人。出生在明朝官宦家庭。清順治時，因秋柳四首而聞名天下。曾任揚州推官、禮部主事、國子監祭酒、左都御史等職。詩與朱彝尊並稱。

注釋

一之一行｜**銷魂**：哀傷至極，好像魂魄離開形體而消失。／**殘照**：落日餘暉。／**白下**：南京的別稱。代表沒落的前朝首都。

一之二行｜**他日**：以往；昔日。／**差池**：參差不齊。／**只今**：如今。／**晚煙**：黃昏時的煙。／化用自南朝沈約〈陽春曲〉的「他日池春燕語」。

一之三行｜**陌上**：鄉間小路。／**黃驄**：唐太宗的愛馬，唐太宗在牠死後，請人作曲為之哀悼。／**烏夜村**：晉穆帝皇后的出生地，代指榮華富貴的發祥地。

一之四行｜**臨風**：迎風。／**三弄笛**：借指悠揚的笛聲。化用自《世說新語．任誕》中「桓伊三弄」的典故，桓伊（子野）擅吹笛，曾為王子猷用三調吹了笛曲。／**玉關**：指玉門關，在今甘肅省，因西域輸入玉石時經由此處而得名。／化用自唐代王之渙〈涼州詞〉的「羌笛何須怨楊柳，春風不度玉門關。」

二之一行｜**娟娟**：細水流動緩慢的樣子。／**玉塘**：池塘的美稱。

二之二行｜**浦**：水邊。／**青荷中婦鏡**：把青荷比喻為鏡子，出自梁朝江從簡的〈採蓮諷〉：「欲持荷作鏡。」中婦則出自樂府〈三婦豔詩〉，指富貴人家的媳婦。／**江干**：江邊。／**女兒箱**：樟木箱，曾是女子出嫁必備的嫁妝。／出自古樂府〈黃竹子〉：「江邊黃竹子，堪作女兒箱。」

‧其三

東風作絮糝春衣，太息蕭條景物非。
扶荔宮中花事盡，靈和殿裡昔人稀。
相逢南雁皆愁侶，好語西烏莫夜飛。
往日風流問枚叔，梁園回首素心違。

‧其四

桃根桃葉鎮相連，眺盡平蕪欲化煙。
秋色向人猶旖旎，春閨曾與致纏綿。
新愁帝子悲今日，舊事公孫憶往年。
記否青門珠絡鼓，松柏相映夕陽邊。

二之三行——**板渚隋堤**：板渚（板城渚口）和隋堤（隋煬帝時沿渠岸修築的御道，兩旁植楊柳），借指南京的水岸大道。／**琅琊大道王**：出自古樂府〈琅琊王〉歌，指穿著華美的富家少爺。

二之四行——**洛陽**：唐代的別都，暗寓明代的別都南京。／**問**：探訪。／**水豐坊**：唐代時洛陽的坊里名。

三之一行——**東風**：春風。／**絮**：柳絮。／**糝**：撒落、散開。音同「傘」。／**太息**：大聲嘆氣。

三之二行——**扶荔宮**：漢武帝的避暑宮之一，內有許多奇花異木。／**花事**：指花卉開花的情況。／**盡**：完結，終止。／**靈和殿**：南朝齊武帝時所建的宮殿，栽種了許多柳樹。／**昔人**：古人，從前的人。

三之三行——**雁**：一種候鳥，於春季返回北方，秋季飛到南方越冬。／**好語**：態度和悅地說話。

三之四行——**風流**：風雅灑脫，不拘禮法。／**枚叔**：指枚乘，西漢辭賦家，曾在梁孝王的梁園作〈柳賦〉。／**素心**：素願，向來的願望。

四之一行——**桃根桃葉**：暗指東晉王獻之的愛妾桃根、桃葉。／**鎮**：整、全。／**平蕪**：雜草繁茂的平原。

四之二行——**秋色**：秋日的景色。／**旖旎**：輕盈柔順的樣子。／**春閨**：女子的閨房。亦指閨中的女子。／**纏綿**：情意深厚。

四之三行——**帝子**：帝王之子。／**公孫**：對貴族官僚子孫的尊稱。

四之四行——**青門**：漢代長安城東南的霸城門之俗稱，泛指京城的城門。／**珠絡**：綴珠而成的網絡。

＊賞讀譯文請見二六二至二六三頁

明晴：

王士禛〈秋柳〉四首所表達的意境，跟妳在上封信裡對名利看法有些相近，不過感覺更加悲傷頹喪。詩裡感嘆著所有美好的事物都已消逝，不復存在；王士禛著重的是「消逝」，而非「曾經存在的美好」。

想要直接看懂〈秋柳〉四首並不容易，因為王士禛運用了許多典故，若非對歷代詩詞及歷史瞭若指掌，很難明白其中蘊含的深意。不過，從詩裡的一些關鍵字，如：愁生、夢遠、空憐、不見、景物非、昔人稀、悲今日、憶往年，已能感受到王士禛想要表達的情感。

這四首是二十多歲的王士禛在參加鄉試之前，於一場文人名士的聚會中，因看到秋柳後有所感而創作的詩，並因此一舉成名。對照王士禛之後的官場經歷，我想這只是他一時興起的感嘆，其個性本質應該還是積極向上的吧。

最近，我總覺得自己的心裡有什麼在蠢蠢欲動著，有種想要完成某件事的渴望。但那件事的模樣就像水波洶湧的湖面般模糊不清，我只知道應該不是經營冰淇淋店。

弘宇已經找好店面，就在N大附近的巷弄裡。我們一起設計店內空間，已經畫好雛型，準備開始找工班。弘宇也正在調整各種冰淇淋口味的配方，我們幾乎每天都在試吃冰淇淋，同時討論菜單。做這些事情，感覺起來跟讀大學時構思動畫短片主角背景的過程很類似，可以讓想像力盡情奔馳，充滿許多樂趣。但是，只要一討論到經營細節，像是成本什麼的，我的腦袋就會馬上放空當機，似乎那不是我該觸碰的領域。

我想做的那件事，終有一天會慢慢浮出水面吧。但那件事會讓我的人生產生什麼戲劇性的變化嗎？說不定，只是像培養新嗜好這類，為日常生活增添一些情趣的小事。不過，就算如此，也是件好事吧。

對了，我設計的冰淇淋娃娃已經定稿了，他們是一對可愛的青梅竹馬，小艾和克寶。但現在還不能曝光，等新店開幕後，我再附上宣傳卡片給妳嘍。

真希・十二月

86 河傳

春淺

納蘭性德

春淺，紅怨。掩雙環，微雨花間，晝閒。無言暗將紅淚彈，闌珊，香銷輕夢還。

斜倚畫屏思往事，皆不是，空作相思字。記當時垂柳絲，花枝，滿庭蝴蝶兒。

納蘭性德（1655～1685）

原名成德，為避太子名諱而改為性德。字容若，滿洲正黃旗人。家世顯赫，文武兼修，二十二歲時補考殿試，受賜進士出身。與徐乾學一同編著《通志堂經解》，並擔任康熙御前侍衛。因首任妻子早逝而寫有許多悼亡詞。三十歲時因急病過世。與朱彝尊、陳維崧並稱「清詞三大家」。

注釋

一行—**春淺**：春意淺淡。／**紅**：花。／**雙環**：雙扉門環，代指門。

二行—**紅淚**：指美女的淚，出自晉代王嘉所著《拾遺記》中，美人薛靈蕓被魏文帝選入宮，她告別父母後，流下的淚在壺中凝如血。／**彈**：掉落。／**闌珊**：消沉。／**香銷**：香已燃盡。／**輕夢**：短暫的夢。／化用北宋李清照〈念奴嬌〉的「被冷香銷新夢覺」。

三行—**畫屏**：有彩畫的屏風。／**思**：懷念、想念。／**相思字**：化用唐代韋應物〈效何水部二首〉的「反復相思字，中有故人心」。

*賞讀譯文請見二六四頁

真希：

最近的天氣越來越冷了，你們在試吃冰淇淋時，要注意保暖，免得感冒了喔。其實愛侶間的相處模式有很多種，若鍾愛的事物不一樣，就不必勉強自己配合對方。獲得幸福的方式不只一種，但最重要的是，一定要忠於自己的心做選擇，才會心甘情願又歡喜受。

說到培養新嗜好，我最近也有這樣的念頭，不過小兒子連週歲都還沒滿，實在抽不出空來。依之前的經驗，差不多要等到孩子三、四歲之後，才會有比較多的個人時間。陪伴孩子的這些年，給了我很多珍貴的心靈寶物，我不會為自己被孩子綁住而感到無奈或哀怨。不過，我也知道偶爾要保留一些自我空間，別將自己的未來和孩子的未來畫上等號。畢竟孩子有自己的人生，父母除了給予適時的提醒與支持外，就只能放手任他們飛翔了。

納蘭性德的〈河傳〉是首描寫相思之情的詞，用來形容父母對離家在外的孩子之思念心情，也十分貼切。曾經朝夕相處，如今卻是好幾天，甚至好幾個月才能見一次面。昔日圍繞在身邊的跟屁蟲，如今再也不需要依賴自己的存在了。親子之間的感情，不過就緊密那十幾、二十年，不管是孩子或父母都應該好好珍惜才對。我想，離家在外的妳，也有這般深刻的感受吧？

明晴・十二月

87 醜奴兒慢·春日

黃景仁

日日登樓，一日換一番春色。
者似卷如流春日，誰道遲遲。
一片野風吹草，草背白煙飛。
頹牆左側，小桃放了，沒個人知。

徘徊花下，分明認得，三五年時。
是何人，挑將竹淚，黏上空枝。
請試低頭，影兒憔悴浸春池。
此間深處，是伊歸路，莫學相思。

黃景仁（1749～1783）字漢鏞、仲則，號鹿菲子。宋朝詩人黃庭堅後裔。家境清貧。郡試第一，但鄉試多次不中，浪遊各地求生計，一生窮困潦倒，三十五歲時因病過世。富詩名，著有《兩當軒全集》。

注釋

一行—**一番**：一次。／**春色**：春天的景色。

二行—**者**：同「這」。／**遲遲**：漫長。《詩經·豳風·七月》有「春日遲遲，采蘩祁祁」。

四行—**放了**：開花。

五行—**分明**：清楚。／**認得**：記得。／**三五年時**：十五歲時。

六行—**竹淚**：代指眼淚，引自舜帝的妃子（娥皇、女英）淚染湘竹的傳說。

八行—**此間**：這裡，此處。

*賞讀譯文請見二六四頁

明晴：

的確如此，當初我就是考慮到父母，才沒有跟隨亞翔到日本定居。有些人或許會選擇為愛奔走天涯，但我無法棄父母於不顧。雖然我們沒有同住在一起，但我希望自己至少要待在父母有需要時可當天趕回家的距離內。唯有如此，我才能安心過自己的生活。

這首黃景仁的〈醜奴兒慢・春日〉也是在思念舊情人，卻沒有納蘭性德的〈河傳〉（一八八頁）裡「垂柳絲，花枝，滿庭蝴蝶兒」這般繁榮的春日景象，反而給人寒風吹捲而過的蕭瑟感，這畫面或許是源自「一片野風吹草，草背白煙飛」給人的直觀想像吧。而更令人落寞的是「頹牆左側，小桃放了，沒個人知」，就連花開的景色也如此黯淡，不禁讓人輕嘆：「怎一個慘字了得。」黃景仁在思念無緣修成正果的初戀情人之餘，或許也有感嘆個人懷才不遇之意吧。

古代文人的出路僅有仕途一項，相比之下，現代人的職業選項真的很多元，每個人都有機會自創舞臺一展長才。只是，要找到正確的方向，有時也不是件容易的事。像這種時候，就是不要給自己設限，感興趣的事就多去嘗試。最近我看到一句話，大意是：「你會羨慕某個人的某項才華，就代表你也擁有同類的素質。因為內在產生共鳴，才會有這樣的情緒出現。」說不定這也是尋找方向的好方法呢。

真希・十二月

88 木蘭花慢・楊花

張惠言

儘飄零盡了，何人解當花看。
正風避重簾，雨回深幕，雲護輕幡。
尋他一春伴侶，只斷紅相識夕陽間。
未忍無聲委地，將低重又飛還。

疏狂情性算淒涼，耐得到春闌。
便月地和梅，花天伴雪，合稱清寒。
收將十分春恨，做一天愁影繞雲山。
看取青青池畔，淚痕點點凝斑。

張惠言（1761～1802）

原名一鳴，字皋文，一作皋聞，號茗柯。家境清貧。中舉人後，考取景山宮官學教習，教授官宦子弟。登進士第後，曾任實錄館纂修官、翰林院編修。與張琦合編《詞選》，開常州詞派，著有《茗柯文集》。四十二歲時卒於官。

注釋

題—**楊花**：即柳絮。

一行—**儘**：任憑。／**飄零**：凋謝飄落。／**解**：懂得，知道。

二行—**正**：正好。／**幡**：狹長、垂直懸掛的旗幟。

三行—**他**：襯字，無所指。／**斷紅**：落花。

四行—**忍**：願意。／**委**：捨棄。

五行—**疏狂**：豪放，不受拘束。／**情性**：本性。／**耐**：承受。／**春闌**：春意闌珊，春天盡頭。

六行—指楊花與梅、雪，是清寒伴侶。

七行—**將**：語助詞。

八行—**取**：語助詞。／**淚痕點點凝斑**：化用北宋蘇軾的〈水龍吟〉：「細看來，不是楊花，點點是離人淚。」

＊賞讀譯文請見二六五頁

真希：

這首張惠言的〈木蘭花慢‧楊花〉，可以跟蘇軾的〈水龍吟〉（一〇六頁）對照賞讀。兩者雖然都著眼在楊花（柳絮）是不是花、它的飄落，也談及了「淚」，但流露出的情懷卻大不相同。

在大部分的詩詞裡，楊花的飄落都給人柔弱無力的印象，但張惠言卻寫出「未忍無聲委地，將低重又飛還」、「收將十分春恨，做一天愁影繞雲山」等詞句，認為楊花雖然孤單飄零，卻是具韌性又不服輸的。

這讓我想到《薄櫻鬼》這部動畫，其故事以日本幕末時期的新選組為背景，勢單力薄的主角們，為了貫徹理想，在第二季《薄櫻鬼碧血錄》中紛紛殞落。這樣的結局讓我大為震撼，還特別上網查資料，才知道人物結局大抵是依照史實安排。日本武士道的精神到底是什麼？藉由《薄櫻鬼》，我徹底明白了。

我很佩服這類意志力堅強、無所畏懼的人，但這些人有時會被歸類為自大、固執，或是不知變通等等。我倒是認為，人生在世，外在環境的變數這麼多，人們唯一能掌握的就是自己的所作所為了，為何還要把這個權力拱手讓給別人呢？能夠相信自己的選擇，貫徹下去，就算最後的結局不是人們所定義的成功，但光是實踐的過程就能給人無比的滿足感了。

明晴・十二月

89 鵲踏枝・過人家廢園作

龔自珍

漠漠春蕪春不住。藤刺牽衣，礙卻行人路。
偏是無情偏解舞，濛濛撲面皆飛絮。
繡院深沉誰是主，一朵孤花，牆角明如許。
莫怨無人來折枝，花開不合陽春暮。

龔自珍（1792～1841）

字爾玉、璱人，號定庵。出身官宦世家，二十七歲中舉人，三十八歲才中進士，曾任內閣中書、國史館校對、宗人府主事和禮部主事等職，主張革除弊政而遭權貴排擠，辭官還鄉不久即病逝。著有《定庵文集》，著名詩作《己亥雜詩》有三百多首。被後世稱為「近代文學開山作家」。

注釋

一行——**漠漠**：密布。／**蕪**：亂草叢生。／**住**：停留。／**春不住**：另有版本為「蕪不住」。／**卻**：助詞，相當於「了」。

二行——**無情**：指飛絮是無情物。／**解舞**：懂得舞蹈。／**飛絮**：飄飛的柳絮。／化用自北宋晏殊〈踏莎行〉的「春風不解禁楊花，濛濛亂撲行人面」。（見一一〇頁）

三行——**繡院**：如多彩錦繡的庭院。／**深沉**：深邃隱密。／**明**：明媚、鮮明悅目。／**如許**：如此。

四行——**無人來折枝**：化用自唐代杜秋娘的〈金縷衣〉：「花開堪折直須折，莫待無花空折枝。」／**不合**：不該。／**陽春**：溫暖的春天。／**暮**：將盡的。

*賞讀譯文請見二六六頁

明晴：

沒想到妳有看《薄櫻鬼》，我也很喜歡這部動畫，並深深佩服那些與主角同類的人。這些人全身散發出生命熱力，好像隨時都有光環圍繞著他們似的，總是能鼓舞旁人挺身為自己想要的什麼奮力一搏。不管那個「什麼」是多大或多小的事，都讓人擁有了改變現狀的勇氣。

這首龔自珍的〈鵲踏枝・過人家廢園作〉，跟張惠言的〈木蘭花慢・楊花〉（一九二頁）所描述的處境頗為相似，但比喻角度和應對態度則有所不同。張詞是以飛絮自比，而龔詞則是用飛絮來比喻滿朝只知享樂歌舞的昏官；張詞有堅持下去的意念，龔詞則是「算了吧」的萬念俱灰感。不過，我無意藉這兩首詞來片面評論誰的情操較為高尚，因為沒有一種態度是絕對正確的。每一種選擇都有其得失，只要當事人不感到後悔，就是最好的選擇。

此外，龔詞中的「一朵孤花，牆角明如許」，跟黃景仁〈醜奴兒慢・春日〉（一九〇頁）的「頽牆左側，小桃放了，沒個人知」，對照賞讀也很有趣。同樣是開在頽圮雜亂環境裡的花，觀者不同，所賦予的意義也就不同。就像妳之前也提過，「每個人都活在自己定義的世界裡」。我想，認定生命是殘酷的人，只會看見黑暗面；相信上天是仁慈的人，就會看見光明面，而我們倆都算是後者吧？

真希・一月

90 柳梢青

芳草閑門

蔣春霖

芳草閑門，清明過了，酒滯香塵。
白楝花開，海棠花落，容易黃昏。
東風陣陣斜曛，任倚遍紅闌未溫。
一片春愁，漸吹漸起，恰似春雲。

蔣春霖（1818～1868）

字鹿潭。應試屢不中，一生落拓潦倒。曾任兩淮鹽官，後遭罷官。早年工詩，中年後有大量詞作，有「詞史」之稱，與納蘭性德、項鴻祚，並稱清代三大詞人。五十一歲時自盡。

注釋

一行—**閑門**：即「閒門」，指進出往來的人不多，顯得清閒的門庭。／**酒滯**：酒醉不醒。／**香塵**：因落花而芳香的塵土。

二行—**白楝**：一種落葉喬木，於夏季開花。在南朝宗懍的《荊楚歲時說》中，從小寒到穀雨，依開花期排列了二十四番花信風，始於梅花，終於楝花。楝花開，表示春天已到盡頭。／**海棠**：薔薇科蘋果屬的落葉喬木。三、四月時開紅色花。與草本植物秋海棠不同。

三行—**東風**：春風。／**曛**：夕陽斜照。／**闌**：即「欄」，指欄杆。

*賞讀譯文請見二六六頁

真希：

一轉眼，農曆春節又快到了，妳還是一樣在除夕這天才能回中部嗎？若有空檔，我們再約見面嘍。

說到對這世界的看法，我認為，所有人在每一個人生叉路口都擁有選擇權，所以，日子過得好與壞，都是自己要負責的，不能怨天尤人。就算是遭逢意料之外的苦難，也可以選擇要主動尋求解決辦法，還是什麼都不做，任事態繼續惡化下去，被動等待某個人會伸出援手；我想最後會導致截然不同的結果吧。

這次，我選讀蔣春霖的〈柳梢青〉，詞中描寫暮春黃昏時的愁思，不禁讓我聯想到葉夢得的〈虞美人〉（一三四頁）。葉詞中帶有享受最後的美景之意，蔣詞中則是純粹的「愁」，這愁緒或許是源自對於歲月流逝的感傷，也或許寄託了個人際遇，但在詞裡並沒有明確的指涉，說不定只是一時的情緒。就算是我，偶爾也會有莫名心煩的時候。這時，我喜歡到院子裡看看花草，無論是枝幹上新長出的綠葉，或是從土裡冒出的小雜草，都能讓我感受到生命的強韌。

對了，因為這首詞，我才知道原來古代有二十四番花信風的說法，花信風是指花開時吹過的風，古人以五日為一候，三候為一個節氣，排列了植物開花的順序，小寒後依序是梅花、山茶、水仙；大寒後是瑞香、蘭花、山礬；立春後是迎春、櫻桃、望春；雨水後是菜花、杏花、李花；驚蟄後是桃花、棠梨、薔薇；春分後是海棠、梨花、木蘭；清明後是桐花、麥花、柳花；穀雨後是牡丹、酴醾、楝花。真是有趣。

明晴・一月

91 金縷曲

花信匆匆度

俞樾

花信匆匆度。算春來瞢騰一醉，綠陰如許。
萬紫千紅飄零盡，憑仗東風送去，
更不問埋香何處。
卻笑癡兒真癡絕，感年華寫出傷心句。
春去也，那能駐。

浮生大抵無非寓。慢流連鳴鳩乳燕，落花飛絮。
畢竟韶華何嘗老，休道春歸太遽。
看歲歲朱顏如故。
我亦浮生蹉跎甚，坐花陰未覺斜陽暮。
憑彩筆，綰春住。

俞樾（1821～1907）
字蔭甫，自號曲園居士。曾任翰林院編修、河南學政，因被劾奏而罷官。之後，移居蘇州潛心學術，先後於各書院主講經學。

題序：次女繡孫，倚此詠落花，詞意淒惋。…余謂少年人不宜作此，因廣其意，亦成一闋。

—注釋—

一行—**花信**：指花信風，花開時吹過的風。古代有二十四番花信風的說法。／**度**：經歷。／**算**：料想。／**瞢騰**：朦朧迷糊。／**綠陰**：即樹蔭。／**如許**：如此。

二行—**飄零**：凋謝飄落。／**盡**：完畢。／**憑仗**：依賴，依靠。／**東風**：春風。

四行—**癡兒**：指次女繡孫。／**癡絕**：指不合流俗的癡人。

六行—**浮生**：人生。／**大抵**：大多。／**無非**：不外乎。／**寓**：寄居。／**慢**：稍緩。／**流連**：留戀不捨。／**鳴鳩乳燕**：燕與鳩都是候鳥，代表季節變換。／**飛絮**：飄飛的柳絮。

七行—**韶華**：春光。／**何嘗**：未曾。／**遽**：疾，速。

八行—**歲歲**：每年。／**朱顏**：指春日的容顏。／**故**：以前的。

九行—**蹉跎**：虛度光陰。／**甚**：非常，過分。／**花陰**：花叢陰影處。／**暮**：將結束的。

十行—**彩筆**：五彩之筆，指詞藻富麗的文筆。／**綰**：繫結、盤結。

＊賞讀譯文請見二六七頁

明晴：

過年前是我們ＤＦ動畫臺最忙碌的時候了，因為有許多新動畫會安排在寒假上檔，這段時間必須要趕著製作大量的節目預告。不過，我還是搶先預定了小除夕的回家車票，並跟家在台北的同事口頭商量了時間安排和代理工作，希望到時一切順利，不要冒出嚴重的突發狀況。

這次，我選讀俞樾的〈金縷曲〉，一讀到它，就讓我想到妳。這首詞是俞樾看到女兒在詠落花時寫出「歎年華，我亦愁中老」的詞句後，回應女兒的詞作。他提醒女兒，雖然春已去，但四季是不斷輪替的，春天每年都會回來；同時，只要心中有春天，春天就永遠存在。這實在很像妳會寫給兒女的書信內容。此外，這首詞裡也剛好寫到妳在上封信裡所提的花信。

大自然中，有些恆久不變的定律，像是日夜輪替、四季變換、力學原理等等，山河景觀和生物則是隨時間「成、住、壞、空」的直線發展變化，一去不回頭。到底哪個才是這世界的實相呢？或許這世界不是能簡單一語道盡的吧？

前幾天，弘宇帶了當年跟他一起追冰淇淋車的鄰居妹妹若婷，來跟我見面。她現在是空姐，但因作息紊亂，身體小毛病不斷，決定在年後辭去工作。她本打算先休息一陣子再找新工作，剛好得知弘宇的冰淇淋店即將開幕，便表示有興趣來幫忙。所以，我暫時不必煩惱辭職的事了，不過……我卻覺得有些不安……

真希‧一月

92

玉樓春

梅花過了仍風雨

鄭文焯

梅花過了仍風雨，著意傷春天不許。
西園詞酒去年同，別是一番惆悵處。
一枝照水渾無語，日見花飛隨水去。
斷紅還逐晚潮回，相映枝頭紅更苦。

鄭文焯（1856～1918）

字俊臣，號小坡、叔問，晚號鶴、鶴道人等。工詩詞，擅書畫，懂醫道。少時曾隨父宦游，中舉人後，曾任內閣中書。因多次會試不中，棄官南遊，旅居蘇州，任江蘇巡撫幕僚。辛亥革命後，居住上海行醫，兼賣書畫。著有《大鶴山房全集》。

注釋

一行**著意**：刻意。

二行**西園**：魏武帝所築園林，常有文人學士集會，代指文人聚會處。

三行**一枝**：指一枝梅花。化用自北宋周邦彥的〈花犯〉：「但夢想一枝瀟灑，黃昏斜照水。」（見一三二頁）／**渾**：完全。

四行**斷紅**：落花。／**逐**：追逐。／**晚潮**：傍晚的潮水。／**相映**：相互照映。

*賞讀譯文請見二六八頁

真希：

妳的不安，是因為害怕她的存在會影響到妳和弘宇的感情嗎？妳已經發現他們之間有特殊的情愫了？還是擔心之後的發展呢？如果是後者，雖然不無可能，但我還是要提醒妳，以平常心面對，放輕鬆，別防衛過當了。免得事情還沒發生，就因為妳無中生有的猜疑而先破壞了你們倆的感情。

這次，我選讀鄭文焯的〈玉樓春〉，這首詞可稍微回應妳在上封信裡的提問。在年復一年的春去秋來裡，「詞酒去年同」，但詞人卻因事物變遷而感到惆悵。我想，就是因為有同一時節的前後情景可對照，才會讓人特別有所感觸。要是時節不再循環，一切無從對照起，人們說不定連時光的流逝都感覺不到了。不知道生活在那樣的世界裡會是什麼感覺？

下片的描寫很生動。繁花盛開的春景大多被風雨無情打落了，但詞人還是找到春天的蹤跡，只是那獨留在樹上的最後一朵花，每天看落花隨著水流漂來蕩去，也不禁為自己漂泊的未來感到悲苦。這個畫面讓我想到由蔡振南作詞的臺語老歌〈花若離枝〉，「花若離枝隨蓮去／擱開已經無同時／葉若落土隨黃去／擱發已經無同位」，雖然有點離題，兩者描述的情境也沒有什麼共同點，但那孤花飄落的情景卻同樣讓人感到寂寥。

明晴・一月

93

蝶戀花

柳外輕寒花外雨

況周頤

柳外輕寒花外雨，斷送春歸，直恁無憑據。
幾片飛花猶繞樹，萍根不見春前絮。
往事畫梁雙燕語，紫紫紅紅，辛苦和春住。
夢裏屏山芳草路，夢回惆悵無尋處。

況周頤（1859～1926）

原名況周儀，為避宣統帝溥儀諱，改名況周頤。字夔笙，號蕙風。曾任內閣中書、國史館校對等職。與王鵬運共創臨桂詞派。戊戌變法後，曾任教於常州龍城書院、南京師範學堂等。著有《蕙風詞》、《蕙風詞話》。

一注釋一

一行一**輕寒**：輕微的寒意。／**斷送**：推送。／**直恁**：竟然如此。

二行一**飛花**：飄飛的落花。／**絮**：指柳絮。古代有柳絮墜入水中成為浮萍的傳說。

三行一**畫梁**：雕飾畫紋的屋梁。／**紫紫紅紅**：讓紫花更紫、紅花更紅。／**辛苦**：辛勤勞苦地。

四行一**屏山**：如屏之山；或指屏風。／**夢回**：從夢中醒來。／**無尋處**：無處可尋。

＊賞讀譯文請見二六八頁

明晴：

過年時，跟妳聊過之後，我的心情好多了。我決定放下無謂的憂慮和擔心，欣然接納若婷的存在。回臺北後，為了冰淇淋店的事，我和弘宇一起跟若婷見了幾次面，我和她還滿談得來的，說不定我們可以成為好朋友。

這次，我選讀況周頤的〈蝶戀花〉，也是一首傷春離去的詞，層層堆砌出怨恨春歸、急切尋春，又想留下春的心情，但最後只能在夢裡重見春景，而夢醒後依然惆悵不已。詞本身沒有言外之意，但在我看來，卻像極了被戀人拋棄時的心情轉變：你為什麼要離開？我到處都找不到你，你到底在哪裡？我為你付出這麼多，你怎麼還是不願意留下來？我只能夜夜在夢中和你相見，但醒來後卻始終不見你的身影，只留我獨自惆悵。還滿搭的吧。

花園系列詩詞的賞讀分享，差不多要告一段落了。沒想到，竟然大部分都是傷春主題。雖然詞人們所寫的內容情真意切，但我還是覺得，滿山濃綠的夏天是動植物生命力最旺盛的季節，陽光也更加炙烈，似乎沒有感傷的理由。若是著眼在「花」，夏季的蓮花也是許多古代文人吟詠的對象，只是我們剛好沒有選讀到而已。所以，夏季也是很值得期待的，不是嗎？

真希・二月

94

蝶戀花

閱盡天涯離別苦

王國維

閱盡天涯離別苦，不道歸來，零落花如許。
花底相看無一語，綠窗春與天俱暮。
待把相思燈下訴，一縷新歡，舊恨千千縷。
最是人間留不住，朱顏辭鏡花辭樹。

王國維（1877～1927）初名國楨，字靜安、伯隅，號禮堂、觀堂、永觀。出身書香世家，曾赴日本東京物理學校就讀，隔年即因病返國。曾任教於南通師範學校、江蘇師範學堂、清華大學等，並在《教育世界》發表大量譯作，介紹西方先進思想，研究中西哲學、文學、美學等。著有《人間詞》、《人間詞話》、《宋元戲曲考》等書。五十歲時投昆明湖自盡。

注釋

一行—**閱**：經歷。／**盡**：完畢。／**天涯**：天邊，指遙遠的地方。／**不道**：不料，沒想到。／**零落**：凋落。／**如許**：如此多。

二行—**綠窗**：綠色紗窗，指女子的居所。／**暮**：將結束的。

三行—**待**：將要、打算。／**新歡**：新的歡樂，新的歡快。

四行—**朱顏**：青春年少的容顏。

＊賞讀譯文請見二六九頁

真希：

最後一首就來賞讀王國維的〈蝶戀花〉吧。這首詞雖然是在暮春所寫，卻只是做為背景環境，主軸是王國維在外奔波多年後返鄉與妻子相見的情景。引發王國維感觸的，或許是因身體孱弱及年紀漸長而日漸憔悴的妻子。縱然重逢相聚可稍解別離之苦，但生在人世該面對的事卻一樣也沒有減少。

就像是大家族成員在節日或婚喪喜慶的場合中見面時，總會先因見到熟悉的容顏而開心打招呼，接著難免會想起彼此間的小嫌隙，但最常發出的感嘆就是：「你我都老了，孩子都大了，歲月不饒人啊。」過年時的親族聚會，就讓我有這樣的感觸。

雖然與花草樹木相關的詩詞還有很多，而在我們主觀的選擇下，也無法讀遍這類詩詞的各個面向。不過，這個主題已經賞讀快兩年了，我們還是先換換口味，改以「天空」為主題，只要是與日月星辰、晴陰雨雪相關都可以，選讀自己喜歡的詩詞吧。

最後，祝福妳和弘宇的感情一切順利，也能和若婷成為好友嘍。

明晴・一月

原來，古典詩詞如此美麗，又如此貼近現代生活。

詩詞・譯文——對照

（註：因版面空間有限，部分詞作的上下片譯文之間若無空行，則會在第一句標註▼符號，以便讀者對照。）

1 感遇（蘭葉春葳蕤）

張九齡

蘭葉春葳蕤，桂華秋皎潔。
欣欣此生意，自爾為佳節。
誰知林棲者，聞風坐相悅。
草木有本心，何求美人折。

一到春季，蘭草的葉子便繁密茂盛；來到秋季，桂花就光明潔白。
如此活躍的生命力，自然讓春秋成了美好節日。
誰知道棲息在林間的人，聞到風中的氣息便充滿喜愛之情。
散發芳香是草木的天性，豈是要求美人來摘折呢？

感遇（江南有丹橘）

張九齡

江南有丹橘，經冬猶綠林。
豈伊地氣暖，自有歲寒心。
可以薦嘉客，奈何阻重深。
運命惟所遇，循環不可尋。
徒言樹桃李，此木豈無陰。

江南有丹橘樹，經過冬天之後仍舊是充滿綠葉的林木。
難道是因為江南天氣暖和嗎？應該是它原本就具有耐寒的特性。
丹橘可以拿來呈獻給貴賓，為何前方有著重深廣大的阻隔？
命運只與所遭遇的一切相關，其中的循環道理是難以探尋的。
人們都只說要種桃樹和李樹，難道丹橘無法繁茂成蔭嗎？

2 庭橘

孟浩然

明發覽群物，萬木何陰森。
凝霜漸漸水，庭橘似懸金。
女伴爭攀摘，摘窺礙葉深。
並生憐共蒂，相示感同心。
骨刺紅羅被，香黏翠羽簪。
擎來玉盤裡，全勝在幽林。

我在天亮時觀覽周圍眾多的景物，萬樹多麼繁茂濃密。

濃霜凝結成水流淌而下，庭院裡的橘子像懸掛著的金球。

女伴們爭相伸向高處摘取，也探尋掩蔽在茂盛葉子間的橘子來摘取。

她們特別憐愛那些並蒂而生的橘子，感動於它們互相展示心意相同。

橘樹的枝幹刺中了紅色絲質披巾，香氣沾黏在翠羽簪上。

把橘子拿來放在玉盤裡，完全勝過讓它們待在幽深茂密的樹林裡。

3 古風（碧荷生幽泉）

李白

碧荷生幽泉，朝日豔且鮮。
秋花冒綠水，密葉羅青煙。
秀色空絕世，馨香誰爲傳。
坐看飛霜滿，凋此紅芳年。
結根未得所，願託華池邊。

碧綠的荷株生長在幽深隱僻的泉水中，在早晨陽光的照耀下顯得豔麗又新鮮。

秋季，花朵從綠水間冒出來，緊密的葉叢籠罩著青色煙霧。

荷花擁有空前絕後的秀美容色，但這股馨音有誰能為它傳送？

我平白看著它被降霜鋪滿，使得它那紅色的青春花容就此凋落。

這次碧荷沒有扎根在合適的地方，希望它下次能託生在景色佳麗的池沼，（其美色與馨香才會有人欣賞）。

4 古風（孤蘭生幽園）　李白

孤蘭生幽園，眾草共蕪沒。
雖照陽春暉，復悲高秋月。
飛霜早淅瀝，綠豔恐休歇。
若無清風吹，香氣為誰發。

孤獨的蘭草生長在幽深隱僻的園子裡，一同掩沒在雜草之中。
雖然它曾經受到溫暖春天的日光照射，卻又為深秋的明月而悲傷。
降霜早就淅瀝地落下，蘭草那鮮豔的綠葉恐怕要凋零衰敗了。
如果沒有清風吹拂，蘭草的香氣是為誰而發的呢？

5 古風（桃花開東園）　李白

桃花開東園，含笑誇白日。
偶蒙春風榮，生此豔陽質。
豈無佳人色，但恐花不實。
宛轉龍火飛，零落早相失。
詎知南山松，獨立自蕭颾。

桃花在東園裡盛開，含著笑向白日炫耀它的美。
它是偶然受到春風吹拂才得以開花，生出這光豔美麗的資質。
難道它沒有佳人那般的美色？我只是擔心這花可能不會結果。
隨著時光流逝，秋天到來，這些花早就零落而消失了。
怎會知道南山上的松樹，在蕭瑟秋風間仍兀自獨立。

6 曲江（一片花飛減却春）

杜甫

・其一

一片花飛減却春，風飄萬點正愁人。
且看欲盡花經眼，莫厭傷多酒入唇。
江上小堂巢翡翠，苑邊高塚臥麒麟。
細推物理須行樂，何用浮名絆此身。

・其二

朝回日日典春衣，每日江頭盡醉歸。
酒債尋常行處有，人生七十古來稀。
穿花蛺蝶深深見，點水蜻蜓款款飛。
傳語風光共流轉，暫時相賞莫相違。

一片花瓣飛落，就減去了一些春色，在風中飄動的萬點落花正讓人發愁。

暫且看看經過眼前的那些將落盡的花，也不要厭倦那些因悲傷而多喝入唇的酒。

江邊小堂上已有翡翠鳥在那兒築巢，芙蓉苑旁高墳前的石麒麟已倒臥在地。

仔細推敲事物的道理，應該要多多行樂，何必讓虛名牽絆自己的身心。

下朝回來後，我每天都去典當春衣，每天都在江頭喝到醉了才回家。

欠酒債是很平常的事，隨處都有賒帳，但人生能活到七十歲的人自古以來就很少。

蛺蝶穿梭在花叢間，在深處現身；蜻蜓輕輕點水後，緩慢地飛翔著。

我傳話給春光，請它和我一起流轉，暫時讓我好好欣賞，不要違背我的這番心意。

7 江畔獨步尋花七絕句

杜甫

・其一

江上被花惱不徹，無處告訴只顛狂。
走覓南鄰愛酒伴，經旬出飲獨空床。

・其二

稠花亂蕊裹江濱，行步欹危實怕春。
詩酒尚堪驅使在，未須料理白頭人。

・其三

江深竹靜兩三家，多事紅花映白花。
報答春光知有處，應須美酒送生涯。

・其四

東望少城花滿煙，百花高樓更可憐。
誰能載酒開金盞，喚取佳人舞繡筵。

我在江上被繁花弄得煩惱不盡，沒有地方可以訴說，只能做出狂亂的行為。
我走去找南邊近鄰那個愛喝酒的同伴，但他已經出去喝酒十天了，屋裡只有空床。

繁茂亂綻的花蕊布滿江濱，讓人走起路來傾斜不穩，實在令人害怕春天。
不過我還能夠吟詩飲酒，不需要有人來照顧我這個白髮人。

江岸深處的幽靜竹林裡，住有兩、三戶人家，那裡繁花盛開，紅花和白花相互輝映。
我知道有方法可以報答春光的美，應該要用美酒來度過餘生。

我望向東邊的小城，那裡花團錦簇、煙霧濛濛，讓百花樓看起來更可愛。
誰能和我一起帶著酒、打開酒杯，叫喚佳人在精美筵席上跳舞？

‧其五

黃師塔前江水東，春光懶困倚微風。
桃花一簇開無主，可愛深紅愛淺紅。

‧其六

黃四娘家花滿蹊，千朵萬朵壓枝低。
留連戲蝶時時舞，自在嬌鶯恰恰啼。

‧其七

不是愛花即索死，只恐花盡老相催。
繁枝容易紛紛落，嫩蕊商量細細開。

在黃師塔前的江水東岸，我在春光下感到疲倦困怠，一邊休息一邊吹著微風。一叢沒有主人的桃花正盛開著，我可以愛那深紅及淺紅的花。

鄰居黃四娘家的花開滿小路，千萬朵花把枝條壓得低低的。蝴蝶在此留連遊戲，不時飛舞著；可愛鶯鳥自在地恰恰啼叫著。

我並不是愛花愛得要死，只是怕花落盡後把人催得衰老。繁枝上的花容易紛紛掉落，希望嫩蕊能商量好慢慢綻放。

8 山房春事

岑參

梁園日暮亂飛鴉，
極目蕭條三兩家。
庭樹不知人去盡，
春來還發舊時花。

黃昏時分，舊家宅院裡只有鴉鳥在其間亂飛。
放眼望去，附近只有寂寥冷清的兩、三戶人家。
庭院裡的樹木不知道人們都已經散盡，
在春天到來時，還是開出跟舊時一樣美麗鮮豔的繁花。

9 春思

賈至

草色青青柳色黃，
桃花歷亂李花香。
東風不為吹愁去，
春日偏能惹恨長。

草兒青綠，柳葉嫩黃。
桃花開得燦爛，李花飄散著香氣。
春風不幫忙把愁緒吹去，
但春日偏偏能把人心的愁恨惹得變長。

10 春興

武元衡

楊柳陰陰細雨晴，
殘花落盡見流鶯。
春風一夜吹鄉夢，
又逐春風到洛城。

楊柳綠葉成蔭，細雨過後又再度放晴。
殘餘的花落盡後，看見四處飛翔鳴叫的黃鶯。
這一夜的春風吹進我的思鄉夢裡，
而我又追逐著春風來到故鄉。

11 春望詞（四首） 薛濤

・其一

花開不同賞，花落不同悲。
欲問相思處，花開花落時。

・其二

攬草結同心，將以遺知音。
春愁正斷絕，春鳥復哀吟。

・其三

風花日將老，佳期猶渺渺。
不結同心人，空結同心草。

・其四

那堪花滿枝，翻作兩相思。
玉箸垂朝鏡，春風知不知。

花開時，我們不能一同欣賞，花落時，我們不能一同悲傷。
若要問最讓人相思的時刻，就是花開花落之時。

我把草摘採下來打成同心結，再將它送給知音人。
春愁正讓人傷心欲絕，春鳥又哀聲吟叫著。

風中的花朵日漸老去，我們的會合之期仍然渺茫遙遠。
我不能與同心人結合，徒然將草打成同心結。

叫人怎麼承受花開滿枝，反而讓人在兩地相思？
我晨起照鏡子時，眼淚不斷流下垂落，春風知不知道呢？

⑫ 玄都觀桃花

劉禹錫

紫陌紅塵拂面來，
無人不道看花回。
玄都觀裏桃千樹，
盡是劉郎去後栽。

京城的道路上有飛揚的塵土迎面而來，
沒有人不說他去賞花回來。
玄都觀裡有千棵桃樹，
全都是我離開之後才栽種的。

再遊玄都觀

劉禹錫

百畝庭中半是苔，
桃花淨盡菜花開。
種桃道士歸何處，
前度劉郎今又來。

百畝大的庭院中有一半都是青苔，
桃花都落盡了，只有菜花開著。
種桃的道士不知道回去哪裡？
前次來看花的我，今天又來了。

13 百花行

劉禹錫

長安百花時，風景宜輕薄。
無人不沽酒，何處不聞樂。
春風連夜動，微雨凌曉濯。
紅焰出牆頭，雪光映樓角。
繁紫韻松竹，遠黃繞籬落。
臨路不勝愁，輕煙去何託。
滿庭蕩魂魄，照廡成丹渥。
爛熳簇顛狂，飄零勸行樂。
時節易晼晚，清陰覆池閣。
唯有安石榴，當軒慰寂寞。

長安百花盛開之時，這樣的風景很適合輕浮放縱的舉止。

沒有人不買酒，沒有聽不到音樂的地方。

春風徹夜吹動，細雨在拂曉時飄灑而下。

紅如火焰的花朵冒出牆頭，白如雪光的花色映著高樓的檐角。

繁茂的紫花為松竹增添風韻，遠處的黃花繞著籬笆生長。

在百花即將凋落離去前，讓人禁不住發愁；當百花如輕煙般飄去，能交託給誰？

整個庭院飄蕩著花的魂魄，照得房屋呈現深紅色。

燦爛鮮豔的百花讓放蕩不羈的人們聚集在一起；百花的飄零則勸人們要即時行樂。

春季輕易地就要結束了，茂密的清涼樹陰已遮蓋著池苑樓閣。

只有安石榴的花就在窗外安慰著我的寂寞。

14 柳花詞（三首）

劉禹錫

・其一

開從綠條上，散逐香風遠。
故取花落時，悠揚占春晚。

・其二

輕飛不假風，輕落不委地。
撩亂舞晴空，發人無限思。

・其三

晴天黯黯雪，來送青春暮。
無意似多情，千家萬家去。

柳絮從綠枝條上盛開，隨著香風飄散到遠方。
它故意選擇在百花飄落時，飄揚地占有暮春時節。

柳絮不必依靠風就能輕輕飛揚，輕輕落下時不會散落在地上。
它在晴空下紛亂飛舞，引發人的無限思緒。

柳絮就像晴天裡隱約似無的白雪，來為暮春送行。
它其實無意，卻看似多情，飛去千萬家戶裡。

15 送春曲（三首）

劉禹錫

・其一
春向晚，春晚思悠哉。
風雲日已改，花葉自相催。
漠漠空中去，何時天際來。

・其二
春已暮，冉冉如人老。
映葉見殘花，連天是青草。
可憐桃與李，從此同桑棗。

・其三
春景去，此去何時回。
遊人千萬恨，落日上高臺。
寂寞繁花盡，流鶯歸不來。

春天逐漸接近盡頭，讓人充滿憂愁的思緒。
風雲每天都在變換，花葉主動的互相催促。
它們瀰漫空中離去，何時從天際回來？
春天已到盡頭，就像人老去那樣緩慢流逝了。
春光照在葉子上，還看到殘存未落的花，繁茂相連到天際的是青草。
可憐的桃樹與李樹，在花落之後，從此看起來就跟桑樹和棗樹一樣。
春景已經遠去，它這次離去後，何時回來呢？遊人心中有千萬愁恨，
在落日時分走上高臺。
只看到繁花落盡後的孤單冷清景象，四處飛翔的鶯鳥飛去不回來。

16 早梅

柳宗元

早梅發高樹，迥映楚天碧。
朔吹飄夜香，繁霜滋曉白。
欲爲萬里贈，杳杳山水隔。
寒英坐銷落，何用慰遠客。

早梅在高聳的梅樹上綻放了，遠遠地耀映著南方天空的碧藍。

夜裡，它在北風的吹拂下飄散香氣；早晨，濃重的露水增添了它的潔白。

我想要把早梅拿來送給萬里以外的朋友，但我們之間隔著遙遠渺茫的山水。

梅花即將要凋謝了，我要用什麼來慰問遠方的來客？

17 紅蕉

柳宗元

晚英值窮節，綠潤含朱光。
以茲正陽色，窈窕凌清霜。
遠物世所重，旅人心獨傷。
回暉眺林際，摵摵無遺芳。

紅蕉在正值歲末的秋冬開花，光滑的綠葉間包含了紅色的花朵。

它以這個與農曆四月時相同的顏色，美好的模樣凌駕在寒霜之上。

紅蕉這一偏遠地區的事物，是世人所重視的，但旅居在外的我看到它，內心卻獨自悲傷。

我在夕陽照耀下眺望林間，只聽到風吹葉動聲，沒有看到殘餘未落的花。

18 巽公院五詠・芙蓉亭

柳宗元

新亭俯朱檻，嘉木開芙蓉。
清香晨風遠，溽彩寒露濃。
瀟灑出人世，低昂多異容。
嘗聞色空喻，造物誰爲工。
留連秋月晏，迢遞來山鐘。

我在新亭子裡俯倚著朱紅色欄杆，看到美好的樹木上開著芙蓉花。

晨風把它的清香吹到遠處，濃重的寒露讓它一身濕潤。

它瀟灑地開在人世裡，或低垂或昂起，有不同的姿容。

我曾聽過色與空的說法，造物界到底是誰在作工的？

我留連直到秋月夜深，遠處傳來山裡的鐘聲。

19

戲題階前芍藥

柳宗元

凡卉與時謝，妍華麗茲晨。
欹紅醉濃露，窈窕留餘春。
孤賞白日暮，暄風動搖頻。
夜窗藹芳氣，幽臥知相親。
願致溱洧贈，悠悠南國人。

普通的花草都隨著時節凋謝了，只有芍藥美麗的花朵在這個早晨綻放。
那傾斜的紅花像是因花上的濃露而喝醉了，窈窕美好的姿態留在暮春裡。
我在白天獨自欣賞芍藥花直到傍晚，暖風吹得它頻頻動搖。
夜裡，窗外傳入芍藥花美好的香氣，讓靜臥的人明白它的親近。
我想要像〈溱洧〉詩中那樣，把芍藥花送給安適自在的江南之人。

20

殘絲曲

李賀

垂楊葉老鶯哺兒，殘絲欲斷黃蜂歸。
綠鬢少年金釵客，縹粉壺中沉琥珀。
花臺欲暮春辭去，落花起作回風舞。
榆莢相催不知數，沈郎青錢夾城路。

垂楊的葉子已變老，鶯鳥哺育著幼雛，殘存的蟲絲就快要斷了，黃蜂也回去牠的巢窩。
鬢髮烏黑亮澤的少年，帶著頭戴金釵的女子，青白色酒壺裡裝滿琥珀色美酒。
種花的土臺已經快要衰頹，春天告辭離去，落花在旋風中起舞。
難以計數的榆莢催促著，樹上就像掛滿了沈郎所鑄的青錢，包圍了城裡的道路。

詩詞．譯文對照

21 嘆花　杜牧

自是尋春去校遲，
不須惆悵怨芳時。
狂風落盡深紅色，
綠葉成陰子滿枝。

從此要去尋找賞花的地方，算起來已經太遲了，
但不必惆悵地怨恨自己錯過花開時節。
就算狂風使深紅色的花朵都落盡了，
但綠葉已繁茂得形成樹陰，果實也掛滿了枝頭。

22 小桃園　李商隱

竟日小桃園，休寒亦未暄。
坐鶯當酒重，送客出牆繁。
啼久豔粉薄，舞多香雪翻。
猶憐未圓月，先出照黃昏。

我一整天待在小桃園裡，雖然天氣不寒冷，卻也沒有變溫暖。
鶯鳥坐在花叢間，正對著酒的繁花顯得沉重，繁花伸出牆外像是在送客。
鶯鳥啼叫許久，花朵的顏色逐漸變淡，落花像散發香氣的雪片紛飛舞動。
我憐愛那未圓的弦月，它已經先出來照著黃昏暮景。

23

朱槿花（二首）

李商隱

·其一

蓮後紅何患，梅先白莫誇。
纔飛建章火，又落赤城霞。
不捲錦步障，未登油壁車。
日西相對罷，休澣向天涯。

·其二

勇多侵露去，恨有礙燈還。
嗅自微微白，看成沓沓殷。
坐忘疑物外，歸去有簾間。
君問傷春句，千辭不可刪。

較晚開的蓮花，它的紅色有什麼可怕的？較早開的梅花，也別誇讚它的雪白。

朱槿花初開時有如燃燒建章城的火那般鮮紅，後來又會像赤城山的落霞那般粉紅。

但人們不會（為了看它而）捲起錦製帳幕，或登上油壁車。

只有我在休假時面向天邊，與它相對直到日落西山。

我滿懷勇氣踏著露水出去，遺憾地在深夜點燈時刻回來。

我聞著朱槿花初綻微白色花時散發的香氣，一直欣賞著，直到它變成雜亂的黑紅色花朵。

我坐著欣賞它到物我兩忘的程度，才回去有簾幕的屋子。

你問我有沒有傷春的詩句，我有不能刪減的千言萬語。

24

落花

李商隱

高閣客竟去，小園花亂飛。
參差連曲陌，迢遞送斜暉。
腸斷未忍掃，眼穿仍欲歸。
芳心向春盡，所得是沾衣。

高樓上的客人全都離去了，小園裡的落花隨風亂飛。

落花先後飄落到彎曲的小路上，還飄到遠方送西斜的陽光下山。

我極度悲傷，不忍心掃去這些落花，仍然望眼欲穿地期望這些花回到枝頭上。

我的心意和花朵都隨著春天落盡，所得到的只是淚水沾溼衣襟。

25 柳　羅隱

灞岸晴來送別頻，
相偎相倚不勝春。
自家飛絮猶無定，
爭把長條絆得人。

一到晴日，灞橋兩岸就有接連有人在這裡折柳送別。
柳枝彼此相偎倚，充滿無限春意。
但柳樹自己的飛絮都還飄飛未定，
怎麼用它的長枝條把人留住呢？

26 歸國遙（春欲暮）　韋莊

春欲暮，滿地落花紅帶雨。
惆悵玉籠鸚鵡，單棲無伴侶。
南望去程何許，問花花不語。
早晚得同歸去，恨無雙翠羽。

春天即將到盡頭，落花如紅色雨般飄落滿地。
我就像被關在玉籠子裡的惆悵鸚鵡，獨自棲身，沒有伴侶。
我看向南方，不知郎君的去程如何；我問花，花卻不說話。
我時時都想跟他一起回去，只恨我沒有一雙翅膀能飛去。

27 女冠子（雙飛雙舞）　牛嶠

雙飛雙舞，春晝後園鶯語。
卷羅幃，錦字書封了，銀河雁過遲。
鴛鴦排寶帳，荳蔻繡連枝。
不語勻珠淚，落花時。

▼春日，成雙鳥兒飛舞著，屋後的庭園裡有鶯鳥的啼鳴聲。
她在（夜裡）捲起絲質簾幕，封好了寫給夫君的書信，但雁子卻很晚才飛過銀河。
▼華美的帳子上有一對鴛鴦橫排在那裡，還繡了荳蔻和連理枝。
落花時節，她默默不語地把淚珠抹平。

五代十國

28 表兄話舊

竇叔向

夜合花開香滿庭，夜深微雨醉初醒。
遠書珍重何由達，舊事淒涼不可聽。
去日兒童皆長大，昔年親友半凋零。
明朝又是孤舟別，愁見河橋酒幔青。

夜合花綻放了，香氣充滿整個庭院；深夜裡下著小雨，我們剛從酒醉中醒來。
來自遙遠家鄉的書信不曾寄達，說起往事，只覺得悲苦，讓人不忍心聽。
過去的兒童都已經長大，從前的親友大半已經過世。
明天又要乘著孤舟別離，看到河橋旁青色的酒店旗幟，只會讓人發愁。

29 望梅花（春草全無消息）

和凝

春草全無消息，臘雪猶餘蹤跡。
越嶺寒枝香自坼，冷豔奇芳堪惜。
何事壽陽無處覓，吹入誰家橫笛。

春草完全沒有消息，臘雪還留下一些蹤跡。
山嶺上，寒冷枝頭的香花主動綻放，冷豔的奇絕芳色值得愛惜。
為何落梅無處可找到壽陽公主，而成了誰家吹奏的橫笛曲？

30 菩薩蠻（越梅半坼輕寒裏）

和凝

越梅半坼輕寒裏，冰清澹薄籠藍水。
暖覺杏梢紅，遊絲狂惹風。
閒階莎徑碧，遠夢猶堪惜。
離恨又逢春，相思難重陳。

▼梅花在微寒裡初綻半開，清澈的冰片薄薄地覆蓋在碧藍的春水上。天氣感覺暖和，杏樹梢頭開著紅花，蟲絲輕狂地逗引春風。

▼閒靜臺階和長滿莎草的小徑一片碧綠，女子還在為思念遠方人的夢而感到惋惜。女子心中充滿別離的愁苦，又遇到春天再臨，讓她難以再次開口陳述這份相思之情。

31 玉蝴蝶（春欲盡）

孫光憲

春欲盡，景仍長，滿園花正黃。
粉翅兩悠颺，翩翩過短牆。
鮮飆暖，牽遊伴，飛去立殘芳。
無語對蕭娘，舞衫沉麝香。

春天就要到盡頭，景色仍然美好，滿園正開著黃花。蝴蝶的一對翅膀飄動著，輕盈地飛過矮牆。暖和清新的風吹著，蝴蝶帶著遊伴，飛去立在殘存的花上。女子無語地看著這幅景象，舞衣上的麝香已轉淡。

32 清平樂（西園春早） 馮延巳

西園春早，夾徑抽新草。
冰散漪瀾生碧沼，寒在梅花先老。
與君同飲金杯，飲餘相取徘徊。
次第小桃將發，軒車莫厭頻來。

▼園林裡的春天來得早，小路兩旁已經長出新草。冰片已經融散，水波在碧綠水池上蕩漾；寒意還在，梅花就先老去了。
▼我和你一同飲酒，之後一起在園裡徘徊。小桃將要依序綻放，你不要對頻頻乘車前來感到厭煩啊！

33 憶江南（今日相逢花未發） 馮延巳

今日相逢花未發，正是去年，別離時節。
東風次第有花開，恁時須約卻重來。
重來不怕花堪折，祇怕明年，花發人離別。
別離若向百花時，東風彈淚有誰知。

▼今日我們相逢時，花兒還沒有綻放；而此時正是我們去年別離的時節。
在春風吹拂下，花兒將依序盛開，到時我們一定約定還要再來。
▼再來之際，不怕花兒已能夠摘折，但是怕明年花開之時，人已經離別。
若是在臨近百花盛開時別離，我對著東風灑淚，又有誰知道呢？

34 紗窗恨（雙雙蝶翅塗鉛粉）

毛文錫

雙雙蝶翅塗鉛粉，咂花心。
綺窗繡戶飛來穩，畫堂陰。
二三月愛隨飄絮，伴落花，來拂衣襟。
更剪輕羅片，傅黃金。

▼一對對蝴蝶的翅膀上沾塗了鉛粉般的花粉，正吸吮著花心。
牠們從綺麗窗戶和華美門戶飛過來，停留在華麗堂舍的陰暗處。
▼二、三月時，牠們喜愛跟隨著飄飛的柳絮，伴著落花，飛來輕拂人們的衣襟。
牠們的身影就像剪下來的輕盈絲織片，上面閃亮得像塗抹了黃金一般。

35 贊成功（海棠未坼）

毛文錫

海棠未坼，萬點深紅。
香包緘結一重重，似含羞態，邀勒春風。
蜂來蝶去，任遶芳叢。
昨夜微雨，飄灑庭中。
忽聞聲滴井邊桐，美人驚起，坐聽晨鐘。
快教折取，戴玉瓏璁。

▼海棠花還沒綻放，只見點點深紅色的花苞。
它的花苞一重又一重地緊包封閉，像是含羞的樣子，卻強留春風，（隨風搖曳著）。
蜜蜂和蝴蝶任意在花叢間來來去去地繞著。
▼昨夜下了細雨，飄灑在庭院中。
女子突然聽見井邊桐樹的滴答聲，隨即驚醒起身，坐著直到聽見晨鐘響起。
她趕快喚人去折取海棠花，身上戴的玉飾瓏璁地響著。

36 清平樂（春光欲暮） 毛熙震

春光欲暮，寂寞閒庭戶。
粉蝶雙雙穿檻舞，簾捲晚天疏雨。
含愁獨倚閨幃，玉爐煙斷香微。
正是銷魂時節，東風滿樹花飛。

▼春天景色即將到盡頭，門戶悠閒寂靜。一對對粉蝶穿過欄杆飛舞，女子捲起簾子時天色已晚，外頭正下著稀疏的小雨。
▼女子懷著愁苦，獨自倚著閨房的帷幕，熏爐裡的煙已經中斷，香氣微弱。這正是令人哀傷至極的時節啊！春風吹得滿樹的花都飛起了。

37 酒泉子（黛怨紅羞） 顧敻

黛怨紅羞，掩映畫堂春欲暮。
殘花微雨，隔青樓，思悠悠。
芳菲時節看將度，寂寞無人還獨語。
畫羅襦，香粉污，不勝愁。

▼上彩妝的女子心裡哀愁又難堪，綠樹掩映著畫堂，春天將要結束了。細雨灑落在即將凋謝的花朵上，華貴居室裡的女子關上門戶，憂思不盡。
▼眼看著花草繁盛的時節將要過去了，女子仍然寂寞而無人陪伴，只能獨自言語。她在羅襦上彩繪圖案，卻弄髒了臉上的香粉，實在難以承受這份愁緒。

38 山園小梅　林逋

眾芳搖落獨鮮妍，占斷風情向小園。
疏影橫斜水清淺，暗香浮動月黃昏。
霜禽欲下先偷眼，粉蝶如知合斷魂。
幸有微吟可相狎，不須檀板共金樽。

百花都已經凋落，只剩下梅花鮮麗綻放著，獨自占盡了小園中的美麗風情。
梅枝疏落的影子橫斜在清淺的水面上，黃昏入夜後，有梅花的淡雅香氣飄散其間。
白鳥要飛下來之前，會先看梅花一眼；粉蝶若知道梅花的美，一定會為此失魂落魄。
幸好我能吟詩來親近梅花，不需要執檀板高歌和舉杯飲酒來欣賞。

39 千秋歲（數聲鶗鴂）　張先

數聲鶗鴂，又報芳菲歇。
惜春更選殘紅折，雨輕風色暴，梅子青時節。
永豐柳，無人盡日花飛雪。
莫把么絃撥，怨極絃能說。
天不老，情難絕，心似雙絲網，中有千千結。
夜過也，東窗未白孤燈滅。

▼幾聲杜鵑鳥的啼叫聲，又來通知花草將要衰謝了。因為愛惜春天，我選折了剩下的幾朵花。天空飄著細雨，風勢卻十分狂暴，又到了梅子青綠的季節。無人影的永豐園裡，柳絮從樹上飄落而下，一整天如雪般飛舞著。
▼不要再撥弄琵琶的么絃了，我心中的深怨連絃線都能為我訴說。
天不會老，這份情也不會斷絕，多情的心就像雙絲編

織的網，裡面有著千萬個結。
夜晚過去了，東邊窗外天色未亮，屋裡的孤燈已經熄滅。

40 木蘭花（東城漸覺風光好）

宋祁

東城漸覺風光好，縠皺波紋迎客棹。
綠楊煙外曉雲輕，紅杏枝頭春意鬧。
浮生長恨歡娛少，肯愛千金輕一笑。
為君持酒勸斜陽，且向花間留晚照。

▼東城的風光漸漸讓人覺得美好，水面上縐紗般波紋迎接著客船。瀰漫煙霧的綠楊樹外，有清晨的雲輕飄著，紅杏開滿枝頭，散發濃盛的春意。

▼這一生我總是怨恨歡娛的時光太少，怎會吝惜千金而輕忽美人的笑呢？我為你舉起酒杯勸斜陽，就在花叢間留下餘暉吧。

41 浪淘沙（把酒祝東風）

歐陽脩

把酒祝東風，且共從容。
垂楊紫陌洛城東，
總是當時攜手處，遊遍芳叢。
聚散苦匆匆，此恨無窮。
今年花勝去年紅。
可惜明年花更好，知與誰同。

拿起酒杯向春風祈禱，不妨與我一起留連遊賞。
洛陽城東邊的道路上柳樹搖曳，
大多是當時我們攜手同遊，遍訪花叢之處。
我苦於聚散太匆匆，這份愁恨實在無窮無盡。
今年的花比去年更紅豔，
可惜就算明年的花開得好，哪知道會與誰一同欣賞呢？

42 答丁元珍　歐陽脩

春風疑不到天涯，二月山城未見花。
殘雪壓枝猶有橘，凍雷驚筍欲抽芽。
夜聞啼雁生鄉思，病入新年感物華。
曾是洛陽花下客，野芳雖晚不須嗟。

春風疑似吹不到天邊，在二月的山城裡還沒見到花開。殘雪壓在枝頭，樹上還有橘子，春寒時的雷聲驚醒了竹筍，讓它就要抽出新芽。我在夜裡聽到雁子的啼聲，生起了思鄉愁情，為此憂慮直到進入新年，感慨著眼前的景色。我們曾經是洛陽的賞花遊客，現在郊野的花雖然開得晚，也不必感嘆。

43 木蘭花（東風又作無情計）　晏幾道

東風又作無情計，豔粉嬌紅吹滿地。
碧樓簾影不遮愁，還似去年今日意。
誰知錯管春殘事，到處登臨曾費淚。
此時金盞直須深，看盡落花能幾醉。

▼春風又打算做出無情的舉動，把嬌豔的白花和紅花全都吹落滿地。華美樓閣的簾影遮擋不住愁緒，我的心情還是跟去年此時相同。

▼誰知道我錯管那些暮春的殘破景象，到處登高望遠都曾為此落淚。這時應該在精美酒杯裡倒滿酒，在看盡落花之前能醉上多少回呢？

44 滿庭芳（南苑吹花）　晏幾道

南苑吹花，西樓題葉，故園歡事重重。
憑闌秋思，閑記舊相逢。
幾處歌雲夢雨，可憐便流水西東。
別來久，淺情未有，錦字繫征鴻。
年光還少味，開殘檻菊，落盡溪桐。
漫留得，尊前淡月西風。
此恨誰堪共說，清愁付綠酒杯中。
佳期在，歸時待把，香袖看啼紅。

▼我們在南苑吹花、西樓題葉，在故鄉有許多歡樂的事。我在秋日裡倚靠欄杆沉思，隨意地記起舊時相逢的情景。我們有多少次一起聽歌、共枕入夢，可惜現在已像流水各奔西東。兩人分別以來很久了，但那薄情的人還沒有寄書信過來。

▼我的生活過得沒有滋味，欄杆旁的菊花已經快要開完，溪邊的桐葉也落完了。我徒然地留在酒杯前，在西風中欣賞淡月。這份愁恨能夠對誰訴說呢？只能把清愁交付到綠酒杯中（，一飲而下）。還好有相會的日子，等我回去時，要拿著她的香袖，看看上面的脂粉淚痕。

45 歸田樂（試把花期數）

晏幾道

試把花期數，便早有感春情緒。
看即梅花吐，願花更不謝，春且長住。
只恐花飛又春去。

花開還不語，問此意年年春還會否。
絳脣青鬢，漸少花前侶。
對花又記得，舊曾游處。
門外垂楊未飄絮。

▼我試著數算花開的時期，便早早就有感傷春天的情緒了。看到即將是梅花綻放的時節，我希望花兒不要凋謝，春天也能長住在人間。
只怕花飛落時，春天又離去了。

▼花兒綻放了，它仍然默默不語。試問這種留春的情懷，年年的春天都能夠理解嗎？
紅脣黑髮的年輕女子，我已逐漸少了這樣的賞花遊侶。
我看著花，又想起舊時曾經遊覽之地。
門外的垂楊如今還未飄下柳絮。

46

水龍吟（似花還似非花）

蘇軾

似花還似非花，也無人惜從教墜。
拋家傍路，思量卻是，無情有思。
縈損柔腸，困酣嬌眼，欲開還閉。
夢隨風萬里，尋郎去處，又還被鶯呼起。
不恨此花飛盡，恨西園落紅難綴。
曉來雨過，遺蹤何在，一池萍碎。
春色三分，二分塵土，一分流水。
細看來，不是楊花，點點是離人淚。

▼柳絮像是花，卻不是花，也沒有人憐惜，任由它墜落。它拋開家落到路邊，仔細思量，發現它看似無情卻滿懷愁思。愁緒縈繞，損傷了女子的柔腸寸心，困倦的她想睜開雙眼，卻又閉上。她在夢裡隨風飛了千萬里，只為了尋找郎君的去處，卻被鶯鳥的啼叫聲喚起。

▼不恨柳絮全都飛走，只恨園林裡的落花無法重新連回枝幹。清晨以後下過一場雨，柳絮遺留的蹤跡在哪裡？它已碎化為一池的浮萍。春色被分成三分，兩分落入塵土裡，一分隨著流水逝去。仔細看來，那不是柳絮，點點滴滴都是離人的眼淚。

47

占春芳（紅杏了）

蘇軾

紅杏了，夭桃盡，獨自占春芳。
不比人間蘭麝，自然透骨生香。
對酒莫相忘，似佳人兼合明光。
只憂長笛吹花落，除是寧王。

▼紅杏花已經開完，艷麗的桃花也凋謝殆盡，只剩下它獨自占有春天的花香。它跟人間的蘭和麝香不一樣，是自然地從莖幹散發香氣。

▼我對著酒，也沒忘記它，它就像住在宮殿裡的佳人。我只擔憂悲傷的長笛聲會將花吹落，除非是唐寧王吹奏的優美樂聲。

48 花影　蘇軾

重重疊疊上瑤臺，
幾度呼童掃不開。
剛被太陽收拾去，
卻教明月送將來。

花影重重疊疊地落在瑤臺上，
我好幾度叫童子去掃，卻掃不開。
花影剛剛隨著太陽下山而被收拾去，
卻在明月的照耀下又回來了。

49 桃源憶故人（華胥夢斷人何處）　蘇軾

華胥夢斷人何處，聽得鶯啼紅樹。
幾點薔薇香雨，寂寞閑庭戶。
暖風不解留花住，片片著人無數。
樓上望春歸去，芳草迷歸路。

▼美夢中斷了，醒來後那人在何處呢？女子只聽到鶯鳥在綻放紅花的樹上啼叫。
幾點帶著薔薇花香氣的雨滴，灑落在寂靜清閒的庭院裡。
▼暖風不懂得要把花留住，將它片片吹落，有無數片落在人的身上。
女子到樓上，看到春天已經回去，而芳草讓遊子分不清返鄉路。

50 浪淘沙（昨日出東城）

蘇軾

昨日出東城，試探春情。
牆頭紅杏暗如傾，
檻內群芳芽未吐，早已回春。
綺陌歛香塵，雪霽前村。
東君用意不辭辛，
料想春光先到處，吹綻梅英。

昨天我從東門出城，試著探訪春天風情。
牆頭的紅杏花濃密到好似傾倒而出，
欄杆內的各種花還未吐芽，但春天早已經回來了。
綺麗的道路上聚集了探春的女子；前方村落已經雪停放晴。
春神用心且不辭辛勞，
我猜想，在春光先抵達的地方，會有春風先把梅花吹得綻放開來。

51 一落索・蔣園和李朝奉

舒亶

正是看花天氣，為春一醉。
醉來卻不帶花歸，誚不解看花意。
試問此花明媚，將花誰比。
只應花好似年年，花不似人憔悴。

現在正是適合賞花的時候，讓人為了春色而沉醉。
這麼沉醉，卻不帶花回來，完全不懂得賞花的情趣。
試問這花兒這麼明媚，能拿花兒跟誰比？
只應該是花兒年年都開得這麼美好，花兒不像人這樣會逐漸憔悴。

52 眼兒媚（楊柳絲絲弄輕柔）

王雱

楊柳絲絲弄輕柔，煙縷織成愁。
海棠未雨，梨花先雪，一半春休。
而今往事難重省，歸夢遶秦樓。
相思只在，丁香枝上，豆蔻梢頭。

楊柳如絲般的枝條輕柔搖曳，在一縷縷煙霧中交織成愁緒。海棠花還未遭雨打落，梨花已先如雪片般飛落，一大半春光已經結束。

如今，往事難以重新記起，只有我那歸返的夢仍然繞著她的居所。我對她的相思，只能像丁香枝上的花結，以及豆蔻梢頭含苞豐滿的花。

53 王充道送水仙花五十枝

黃庭堅

凌波仙子生塵襪，水上輕盈步微月。
是誰招此斷腸魂，種作寒花寄愁絕。
含香體素欲傾城，山礬是弟梅是兄。
坐對真成被花惱，出門一笑大江橫。

水仙猶如羅襪生塵的凌波仙子，雙足輕盈地在水上行走。是誰招來洛神的悲傷靈魂，將之種成在寒冬開放的水仙，寄託這份憂愁？水仙的含香玉體美麗得足以傾城，山礬花和梅花是她的兄弟。我對著花坐下，真的被花撥弄得心生煩憂，出門看到大江橫過眼前，不禁一笑。

54 虞美人・宜州見梅作

黃庭堅

天涯也有江南信，梅破知春近。
夜闌風細得香遲，不道曉來開遍向南枝。
玉臺弄粉花應妒，飄到眉心住。
平生個裏願杯深，去國十年老盡少年心。

▼在天涯之地也有像江南那樣的花信，一見梅花開，就知道春天近了。
夜深時，微風輕送，很晚才聞到花香，沒想到早上起來時，面向南方的枝條上，梅花幾乎都盛開了。
▼女子在鏡臺前化妝，梅花應該是嫉妒她的美色，才會飄到她的眉心間停下。
平生在這樣的情景裡，我都會希望杯中的酒越多越好，但離開朝廷十年來，已經讓我的少年心衰老了。

55 畫堂春（落紅鋪徑水平池）

秦觀

落紅鋪徑水平池，弄晴小雨霏霏。
杏園憔悴杜鵑啼，無奈春歸。
柳外畫樓獨上，憑闌手撚花枝。
放花無語對斜暉，此恨誰知。

落花鋪滿小徑，綠水滿溢池塘，天才剛放晴，又下起霏霏細雨。
杏園裡景象憔悴，還有杜鵑鳥啼叫著，無奈春天已經回去。
我獨自走上柳樹外的華麗樓閣，倚靠欄杆，手上只拿著花枝。
我放下花枝，無言地對著斜陽，心中這份愁恨有誰知道呢？

56 蝶戀花（捲絮風頭寒欲盡）

趙令時

捲絮風頭寒欲盡，墜粉飄香，日日紅成陣。
新酒又添殘酒困，今春不減前春恨。
蝶去鶯飛無處問，隔水高樓，望斷雙魚信。
惱亂橫波秋一寸，斜陽只與黃昏近。

▼強勁的春風捲起柳絮，寒氣就快要消盡了，落花飄散香氣，每天都有一陣一陣的落花。
我喝下新酒，又更添殘餘酒意的困倦，今年春天的愁恨比起去年春天也絲毫沒有減少。
▼蝴蝶和鶯鳥都已飛去，不知道要到哪裡詢問，在隔水的高樓上望向遠方，期待有書信送來。
眼中流露出惱亂的心情，只因為斜陽西下，黃昏又將近了。

57 水龍吟（問春何苦匆匆）

晁補之

問春何苦匆匆，帶風伴雨如馳驟。
幽葩細萼，小園低檻，壅培未就。
吹盡繁紅，占春長久，不如垂柳。
算春長不老，人愁春老，愁只是人間有。
春恨十常八九，忍輕孤芳醪經口。
那知自是桃花結子，不因春瘦。
世上功名，老來風味，春歸時候。
縱樽前痛飲，狂歌似舊，情難依舊。

▼想問春天的腳步何苦要如此匆匆？如同騎馬奔馳般帶著風雨而過。
小園裡矮欄杆旁的清麗花朵和細小花萼（已被摧毀），我都還來不及為它們施肥。
那些已全被風吹落的繁花，占有春天的時間不如垂柳那般長久。
就算春天始終不會老去，人卻為春天老去而發愁，這種憂愁只是在人間才會有的。
▼恨春天如此短暫的心情是常有的事，怎麼忍心辜負入口

的香酒呢？

怎麼知道桃花本來就是為了結子而凋落，不是因為春天離去才消瘦。

世界上的功名，在老了之後品味，都像春天要回去的時候。

縱然拿著酒杯暢快飲酒，像以往那樣放聲高歌，心情卻很難像過往那樣了。

58 鹽角兒・亳社觀梅

晁補之

開時似雪，謝時似雪，花中奇絕。

香非在蕊，香非在萼，骨中香徹。

占溪風，留溪月，堪羞損山桃如血。

直饒更疏疏淡淡，終有一般情別。

它開花時像雪，凋謝時也像雪，在花界中是非常奇妙的。

它的香氣不在花蕊，也不在花萼，而是從枝幹深處散發出來的。

它占有了溪風，留住了溪上的明月，能夠使鮮紅似血的山桃花之美羞慚減損。

即使梅花變得疏淡，終究有不同於一般的風情。

59 花犯（粉牆低）

周邦彥

粉牆低，梅花照眼，依然舊風味。
露痕輕綴，疑淨洗鉛華，無限佳麗。
去年勝賞曾孤倚，冰盤同宴喜。
更可惜，雪中高樹，香篝熏素被。

今年對花最匆匆，相逢似有恨，依依愁悴。
吟望久，青苔上旋看飛墜。
相將見脆丸薦酒，人正在空江煙浪裏。
但夢想一枝瀟灑，黃昏斜照水。

▼低矮的白粉牆上，梅花映入眼簾，依然散發著與舊日相同的風味。露水的痕跡輕輕點綴在花朵上，好像把脂粉都洗乾淨了，看起來無限美好。去年快意遊賞時，我曾獨自倚樹欣賞，也曾將花放在冰盤上，增添宴席的喜樂氣氛。我更憐惜佇立雪中的高挺梅樹，看起來就像香篝上鋪了素白的棉被。

▼今年賞花十分匆促，因此相逢時，梅花的心中似乎有愁恨，為此留戀不捨、憂傷憔悴。我對著梅花低吟凝望許久，忽然看到有梅花飛落在青苔上。即將要到看著人們用梅子釀酒的季節了，但那時我正乘船在煙霧瀰漫的浩瀚江面上。我只夢想自己能化為一枝黃昏時倒影斜照在水面上的瀟灑梅花。

北南宋之交

60 虞美人（落花已作風前舞）

葉夢得

落花已作風前舞，又送黃昏雨。
曉來庭院半殘紅，惟有游絲千丈嫋晴空。
殷勤花下同攜手，更盡杯中酒。
美人不用斂蛾眉，我亦多情無奈酒闌時。

▼落花已經在風前飛舞，又送走了黃昏的雨。清晨到來時，庭院裡大半都是落花，只有昆蟲吐的游絲在廣大的晴空下搖動。

▼我們懇切地一同攜手在花下遊賞，還喝光了杯中的酒。美人不必為此緊皺娥眉；我也是多情的人，無奈酒有喝光的時候。

61 踏莎行（雪似梅花）

呂本中

雪似梅花，梅花似雪，似和不似都奇絕。
惱人風味阿誰知，請君問取南樓月。
記得去年，探梅時節，老來舊事無人說。
為誰醉倒為誰醒，到今猶恨輕離別。

▼雪花像梅花，梅花像雪花，無論它們像不像，都非常奇妙。這種惱人的滋味有誰知道？請你去問南樓上的明月。

▼我還記得往年探賞梅花時節的情景，但年老之後沒有人訴說這些舊事。我總是為你醉倒又為你醒來，到如今仍怨恨當時輕易地離別。

62 玉樓春・紅梅　李清照

紅酥肯放瓊苞碎，探著南枝開遍未。
不知醞藉幾多香，但見包藏無限意。
道人憔悴春窗底，悶損闌干愁不倚。
要來小酌便來休，未必明朝風不起。

▼那紅梅願意綻放美玉般花苞的花瓣了，我去探看朝南的枝頭是不是都開遍了。
紅梅不知道醞釀了多少香氣，只見花裡包藏了無限的春意。
▼你憔悴地待在春窗底下，煩悶的愁緒讓你不願倚著欄杆賞景。
你要過來飲酒賞花就過來吧！明天未必不會起風，吹落了這些花。

63 好事近（風定落花深）　李清照

風定落花深，簾外擁紅堆雪。
長記海棠開後，正傷春時節。
酒闌歌罷玉尊空，青缸暗明滅。
魂夢不堪幽怨，更一聲啼鴂。

▼風停之後，落花厚厚一層，簾外的地上堆積了紅色、白色的落花。
我永久記得在海棠開花後，正是令人傷春的時節。
▼酒已喝盡，歌曲已結束，酒杯裡也空了，青燈默默地忽明忽暗。
魂夢裡的幽怨已讓人難以忍受，卻又聽到一聲杜鵑鳥的哀鳴。

64 漁家傲（雪裏已知春信至）

李清照

雪裏已知春信至。寒梅點綴瓊枝膩。
香臉半開嬌旖旎，當庭際，玉人浴出新妝洗。
造化可能偏有意，故教明月玲瓏地。
共賞金樽沉綠蟻，莫辭醉，此花不與群花比。

▼在雪裡已經知道春天的信息到來了，因為細緻的寒梅花就點綴在如玉般的枝頭上。梅花的香臉半開，看起來嫵媚嬌豔，對著庭院時，好像剛出浴、畫上新妝的美女。

▼大自然可能偏偏故意這樣安排，所以讓明月照得大地晶瑩明亮。我們一起賞梅花，在酒杯裡盛滿酒，別以酒醉來推辭，這梅花不是其他眾多的花可比擬的。

65 鷓鴣天·桂

李清照

暗淡輕黃體性柔，情疏跡遠只香留。
何須淺碧輕紅色，自是花中第一流。
梅定妒，菊應羞，畫欄開處冠中秋。
騷人可煞無情思，何事當年不見收。

▼桂花帶著不明亮的淡黃色，本性柔和，情懷疏淡，形跡避開人們的目光，只留下香氣。它不需要有淡綠和輕紅的花色，就是花界中的第一流名花了。

▼梅花一定會嫉妒它，菊花應該會感到羞愧。桂花就開在畫欄旁，在中秋時節是百花之冠。屈原是不是沒有情思？為何沒看到他當年在文章裡收錄桂花的名號呢？

66 春晴懷故園海棠（二首）

楊萬里

・其一

故園今日海棠開，夢入江西錦繡堆。
萬物皆春人獨老，一年過社燕方回。
似青似白天濃淡，欲墮還飛絮往來。
無那風光餐不得，遣詩招入翠瓊杯。

・其二

竹邊臺榭水邊亭，不要人隨只獨行。
乍暖柳條無氣力，淡晴花影不分明。
一番過雨來幽徑，無數新禽有喜聲。
只欠翠紗紅映肉，兩年寒食負先生。

目前正是故鄉的海棠花盛開的時候，我在夢中回到了山西，看到海棠花叢宛如錦繡層層堆疊。

萬物都回春了，只有人獨自變老；每一年燕子總是過了春社日之後才飛回來。

天色濃淡不均，像青色又像白色；柳絮來來去去，快要墜落卻又飛起。

無奈這片風光不能吃，就運用詩來把它招到綠色的美玉酒杯中。

竹林邊有臺榭，水邊有亭子，我不要他人跟隨，只一個人獨行。

天氣剛剛變暖，柳條柔軟無氣力，微晴下花影朦朧而不清楚。

一陣雨來過幽徑，無數新生的小鳥開心啼叫。

只欠缺故園裡能映襯翠紗白肌的紅海棠花，這兩年的寒食節都被我辜負了。

67

摸魚兒（更能消幾番風雨）

辛棄疾

更能消幾番風雨，匆匆春又歸去。
惜春長怕花開早，何況落紅無數。
春且住，見說道天涯芳草無歸路。
怨春不語，
算只有殷勤，畫檐蛛網，盡日惹飛絮。

長門事，準擬佳期又誤，蛾眉曾有人妒。
千金縱買相如賦，脈脈此情誰訴。
君莫舞，君不見玉環飛燕皆塵土。
閒愁最苦，
休去倚危闌，斜陽正在，煙柳斷腸處。

▼還能禁得起幾次的風雨呢？春天又匆匆回去了。愛惜春天的我，總是擔心花開得太早，何況此時已有無數的落花了。

春天且留住腳步吧！聽說天涯芳草繁茂，已經看不到回去的路了。

我怨春天始終不發一語，看來只有華麗屋簷下的蜘蛛網，辛勤地整天沾惹飄飛的柳絮。

▼長門宮中受冷落的陳皇后，這次的佳期一定又延誤了，只因為曾經有人嫉妒她的美色。

縱然她花費了千金買司馬相如的賦作，這份藏在心中的深情又能向誰傾訴呢？

你別開心跳舞，你沒看到受寵的楊玉環和趙飛燕如今已成了塵土嗎？

無端而來的愁緒是最苦的，千萬別去倚高樓上的欄杆，因為斜陽正在令人悲傷的、煙霧籠罩的柳樹林那裡。

68 滿江紅・暮春

辛棄疾

家住江南，又過了清明寒食。花徑裏，一番風雨，一番狼籍。紅粉暗隨流水去，園林漸覺清陰密。算年年落盡刺桐花，寒無力。

庭院靜，空相憶。無說處，閒愁極。怕流鶯乳燕，得知消息。尺素如今何處也，彩雲依舊無蹤跡。謾教人羞去上層樓，平蕪碧。

▼我家住在江南，剛度過清明節和寒食節。花徑裡，在一番風吹雨打後，只見一片凌亂不堪的落花。落花暗自隨著流水離去，我走在園林裡，逐漸覺得清涼的樹陰變得濃密了。算來每年刺桐花落盡時，就不會再寒冷了。

▼我在安靜的庭院裡徒然地想念，心中充滿極度的無端愁緒，卻沒有地方可以訴說。我害怕四處飛翔的鶯鳥和母燕會得知我心中的祕密。如今書信在哪裡呢？我所思念的人依然沒有露出蹤跡。徒然讓人羞於登上高樓，去看那綠草繁茂的平原。

69 水龍吟（鬧花深處層樓）

陳亮

鬧花深處層樓，畫簾半捲東風軟。
春歸翠陌，平莎茸嫩，垂楊金淺。
遲日催花，淡雲閣雨，輕寒輕暖。
恨芳菲世界，游人未賞，都付與鶯和燕。

寂寞憑高念遠，向南樓一聲歸雁。
金釵鬥草，青絲勒馬，風流雲散。
羅綬分香，翠綃封淚，幾多幽怨。
正銷魂，又是疏煙淡月，子規聲斷。

▼繁花盛開深處的高樓上，春風輕柔地吹著捲起一半的畫簾。

春天回到翠綠的道路上，平原上的莎草長出柔嫩的小草，柳樹開滿淡金黃色的花。

春天催促著花兒綻放，雲層淡薄，讓雨落不下來，天氣有點寒冷，又有點溫暖。

我恨這繁盛的花草世界都還沒給遊客欣賞，就都交給了鶯鳥和燕子。

▼我懷著寂寞的心情登上高處，想念遠方的人，大雁卻對著南樓鳴叫了一聲。

當時我們拔金釵玩鬥草遊戲、以青色絲繩勒馬出遊的情景，已經如風吹雲散般消失了。

贈別的羅帶散發香氣，綠色薄絹上帶著當時的淚痕，內心有多少愁恨呢？

我正為此悲傷到魂魄幾乎要消失，卻又是薄煙籠罩、月光黯淡，杜鵑鳥的啼叫聲斷斷續續的時刻。

70 小重山令・賦潭州紅梅

姜夔

人繞湘臯月墜時，斜橫花樹小，浸愁漪。
一春幽事有誰知，東風冷，香遠茜裙歸。
鷗去昔遊非，遙憐花可可，夢依依。
九疑雲杳斷魂啼，相思血，都沁綠筠枝。

▼我在月落時分繞著湘江岸邊散步，看到紅梅小小的枝幹橫斜著，倒映在憂愁的漣漪裡。

那一年春天的戀情有誰知道？在寒冷的春風裡，穿著大紅色裙子的她，帶著香氣遠離回去了。

▼鷗鳥飛去，昔日遊賞之處已不再相同。我遠遠地憐惜嬌小的花，對夢境留戀不捨。

她的夢魂迷失在九疑山的雲霧間，悲傷地哭泣著，所流下的相思血都滲入竹子的綠皮了。

71 暗香（舊時月色）

姜夔

舊時月色，算幾番照我，梅邊吹笛。
喚起玉人，不管清寒與攀摘。
何遜而今漸老，都忘卻春風詞筆。
但怪得竹外疏花，香冷入瑤席。
江國，正寂寂。歎寄與路遙，夜雪初積。
翠尊易泣，紅萼無言耿相憶。
長記曾攜手處，千樹壓西湖寒碧。
又片片吹盡也，幾時見得。

▼從前的月色算起來有幾次照著我在梅邊吹笛子了？

我把美人叫起，不管天氣清寒，都一起攀摘梅花。

曾像何遜那樣文思泉湧的我，如今已經逐漸變老了，都忘記像他寫出〈詠春風詩〉那般的文采了。

我卻怪竹林外的稀疏梅花，將寒冷香氣傳入我的座席處。

▼江南水鄉正是安靜的季節，我感嘆要寄贈梅花的路途太遙遠，夜裡又剛剛積了一層雪。

我拿起翠綠的酒杯，卻輕易哭泣；看著默默無言的紅梅，內心想念著她。

我永遠記得兩人曾經攜手同遊處，千株梅樹倒映在西湖的寒碧湖面上。
這些梅花又一片片被吹落光了，何時才能再次看到呢？

72 高陽臺・西湖春感

張炎

接葉巢鶯，平波卷絮，斷橋斜日歸船。
能幾番遊，看花又是明年。
東風且伴薔薇住，到薔薇春已堪憐。
更淒然，萬綠西冷，一抹荒煙。
當年燕子知何處，但苔深韋曲，草暗斜川。
見說新愁，如今也到鷗邊。
無心再續笙歌夢，掩重門淺醉閒眠。
莫開簾，怕見飛花，怕聽啼鵑。

▼密葉相接處有鶯鳥在築巢，平靜湖面上的微波捲動著柳絮，斜陽下有返家的船行過斷橋。
還能來遊賞幾次？要賞花的話，又要等到明年了。
春風暫時陪薔薇留住吧！到薔薇花開的時節，春景已經讓人憐惜不已了。
更讓人傷心的是，在綠意盎然的西冷橋附近，只有一抹荒野的煙霧。
▼當年在富貴人家前的燕子不知身在何處，但這些宅邸已長滿青苔，遊覽地也因雜草叢生而顯得幽深。
聽說如今新愁也跑到鷗鳥所在的遠方了。
我無心再繼續聽笙歌的美夢，關上重門，在淺淺的醉意中悠閒入眠。
不要打開簾子，我怕看見飄飛的落花，也怕聽見杜鵑鳥的啼叫聲。

73 法曲獻仙音（層綠峨峨）

王沂孫

層綠峨峨，纖瓊皎皎，倒壓波浪清淺。
過眼年華，動人幽意，相逢幾番春換。
記喚酒尋芳處，盈盈褪妝晚。

已消黯，況凄涼近來離思，
應忘卻明月夜深歸輦。
荏苒一枝春，恨東風人似天遠。
縱有殘花，灑征衣鉛淚都滿。
但殷勤折取，自遣一襟幽怨。

▼綠梅一層層地開得盛美，細玉般的白梅十分潔白，倒映貼近著波浪起伏的清淺溪水。時光轉瞬即逝，在經過多次春天後，我再度與這裡的梅花相逢，它仍充滿動人的幽閒情趣。記得在買酒出遊賞花的地方，梅花的美色很晚才褪去。

▼我已經黯然銷魂，何況近來因為離別思緒而心境淒涼，應該忘了賞花直到明月高掛的深夜才乘車歸返的興致。柔弱的一枝梅花盛開著，我恨東風吹來時，故人比天空遙遠。就算還有殘存的花朵，仍舊讓旅人流淚，滴得衣服上到處都是淚痕。我只能情意深厚地折下它，自行排遣滿懷的愁怨。

74 洞仙歌（雪雲散盡）

李元膺

雪雲散盡，放曉晴庭院，楊柳於人便青眼。
更風流多處，一點梅心，相映遠，約略顰輕笑淺。
一年春好處，不在濃芳，小豔疏香最嬌軟。
到清明時候，百紫千紅，花正亂，已失春風一半。
早占取韶光共追游，但莫管春寒，醉紅自暖。

▼雪雲全都散去後，清晨庭院裡就放晴了。楊柳以青眼般的柳葉對著人。風韻更加美好動人的，是那一小點的梅花苞蕾。它遠遠地與柳樹互相映襯，輕微地皺眉淺笑。

▼一年春天最美好的地方，不在繁茂的花，而是剛綻放的梅花最柔美。到了清明時節，繁花百紫千紅，盛開得正熱鬧，卻已經失去了一半的春風。要早早地占有美好時光，一起尋勝而遊，但別管春寒料峭，只要喝醉到臉紅，自然覺得溫暖。

75 水龍吟（夜來風雨匆匆）

程垓

夜來風雨匆匆，故園定是花無幾。
愁多怨極，等閒孤負，一年芳意。
柳困桃慵，杏青梅小，對人容易。
算好春長在，好花長見，原只是人憔悴。

回首池南舊事，恨星星不堪重記。
如今但有，看花老眼，傷時清淚。
不怕逢花瘦，只愁怕老來風味。
待繁紅亂處，留雲借月，也須拚醉。

▼入夜後一陣急風驟雨，故鄉那裡殘存的花朵一定沒多少了。

我滿懷許多愁，怨恨至極，隨便辜負了這一年的春意。

柳樹疲倦、桃樹慵懶，杏子青綠，梅子還小，它們對人的態度都很隨便。

就算美好的春光一直都在，嬌美的花朵一直都看得到，還是只有人顯得憔悴。

▼回想故鄉的往事，只恨白髮星星的我無法忍受再記起這一切。

如今只有看著花的一雙老眼，傷心時流下的清淚。

我不怕遇到花朵纖瘦的時節，只擔心害怕老了之後的風采。

等到繁花盛開時，我要留下雲彩，借來月光，也必須要拚命喝醉。

76 雪梅（二首）

盧梅坡

・其一

梅雪爭春未肯降，騷人擱筆費評章。
梅須遜雪三分白，雪卻輸梅一段香。

・其二

有梅無雪不精神，有雪無詩俗了人。
日暮詩成天又雪，與梅並作十分春。

梅花和雪爭奪春色，誰都不肯屈服，詩人放下筆，費心評論。

梅花比雪少了三分白，雪輸了梅花一些香氣。

有梅花卻沒有雪，就缺了風采神韻；有雪卻沒有詩，就讓人顯得平庸。

傍晚時我寫好詩，天空又下起雪，與梅花一起成就了充實圓滿的春色。

77 落梅風（二首）

馬致遠

・其一

人初靜，月正明，
紗窗外，玉梅斜映，
梅花笑人休弄影，
月沉時，一般孤另。

・其二

薔薇露，荷葉雨，
菊花霜，冷香庭戶，
梅梢月斜人影孤，
恨薄情，四時孤負。

人剛剛安靜下來，月光正明亮，
紗窗外有白梅枝斜斜的影子，
梅花笑人別玩弄影子，
但等到月沉之時，梅花還不是跟人一樣孤單。

薔薇上的露水，打在荷葉上的雨滴，
菊花上的白霜，冷香傳遍整個庭院，
梅樹梢頭有月亮斜掛著，人影孤單，
怨恨著薄情人四季都辜負她的情意。

78 楚天遙過清江引（有意送春歸）

薛昂夫

有意送春歸，無計留春住。
明年又著來，何似休歸去。
桃花也解愁，點點飄紅玉。
目斷楚天遙，不見春歸路。
春若有情春更苦，暗裏韶光度。
夕陽山外山，春水渡傍渡，
不知那搭兒是春住處。

我有意送春天回去，只因沒辦法留住春天。
明年春天又會回來，何妨不要回去？
桃花也懂得這份憂愁，飄著點點的紅色落花。
我的視線盡頭是遙遠的南方天空，還是沒看到春天回去的道路。
春天如果有情，它會更加痛苦，便暗地裡讓美好的時光過去。
夕陽落到山外山去，春水渡過其他渡口，
不知道哪裡是春天的住處。

79 楚天遙過清江引（花開人正歡）

薛昂夫

花開人正歡，花落春如醉。
春醉有時醒，人老歡難會。
一江春水流，萬點楊花墜。
誰道是楊花，點點離人淚。
回首有情風萬里，渺渺天無際。
愁共海潮來，潮去愁難退，
更那堪晚來風又急。

花開時人正歡樂，花落時春天好像醉了一樣。
春天醉了，有時會醒來，但人老了之後，很難再有歡樂的會面。
一江春水向東流去，萬點柳絮紛紛飄墜。
是誰說柳絮是離人的點點淚滴呢？
回想過往，有情的風曾經送人到萬里之外，直到遼闊蒼茫、無邊無際的天涯。
愁緒跟著海潮一起來，但海潮退去後，愁緒卻難以消退，
更何況夜晚來臨之際又吹起了強風。

80 滿江紅（漠漠輕陰）

文徵明

漠漠輕陰，正梅子弄黃時節。
最惱是，欲晴還雨，乍寒又熱。
燕子梨花都過也，小樓無那傷春別。
傍闌干欲語更沉吟，終難說。

一點點，楊花雪。一片片，榆錢莢。
漸西垣日隱，晚涼清絕。
池面盈盈清淺水，柳梢淡淡黃昏月。
是何人吹徹玉參差，情凄切。

▼天色昏暗微陰，現在正是梅子轉黃的時節。最惱人的是，快放晴了卻又下雨，突然轉寒又變熱。燕子飛走了，梨花綻放的季節也過去了，我在小樓裡無奈地為春天的別離而感傷。我依靠著欄杆，想要說話，反而開始深思，終究難以開口說。

▼如今已開始飄來一點點如雪般的柳絮，榆樹上也長出一片片的錢形果莢。太陽逐漸隱沒到西邊的矮牆下，傍晚的涼意令人感到凄清至極。池面清澈，池水清淺；黃昏時分，光芒清淡的月亮掛在柳梢上。是誰吹完了一首玉笙的曲子，情緒如此凄涼而悲切？

81 風流子・送春

李雯

誰教春去也，人間恨，何處問斜陽。見花褪殘紅，鶯捎濃綠，思量往事，塵海茫茫。芳心謝，錦梭停舊織，麝月懶新妝。杜宇數聲，覺余驚夢，碧欄三尺，空倚愁腸。

東君拋人易，回頭處，猶是昔日池塘。留下長楊紫陌，付與誰行。想折柳聲中，吹來不盡，落花影裏，舞去還香。難把一樽輕送，多少暄涼。

▼是誰讓春天離去的？這人間的恨，要去哪裡問斜陽呢？

我看著花朵褪去殘紅，鶯鳥掠過濃綠的樹梢，我思量往事，只覺得塵世如大海茫茫。我的心情宛如已經凋零的女子芳心，把錦梭停在舊的織布上，也懶得用麝香在額間畫上彎月新妝。杜鵑鳥啼叫了幾聲，把我叫醒，讓我從美夢中驚醒。滿懷愁腸的我，徒然倚著三尺高的碧玉欄杆。

▼春神輕易就把人拋下了，但我回頭一看，那裡還是昔日所見的池塘。祂留下的連綿楊柳和京城道路，要交到誰的行列中？

我想，就算是笛曲〈折楊柳〉的樂聲，也無法訴盡這份情，在落花翩舞而去的影子裡，還留下了一股香氣。

我很難用一杯酒就輕易把春天送走，因為有太多炎涼世事了。

82 畫堂春・雨中杏花

陳子龍

輕陰池館水平橋，一番弄雨花梢。
微寒著處不勝嬌，此際魂銷。
憶昔青門堤外，粉香零亂朝朝。
玉顏寂寞淡紅飄，無那今宵。

▼天色微陰，館舍旁的池塘水面已漲滿到與橋齊平了，一陣雨打在花木的枝梢上。在輕寒侵襲的地方，杏花仍十分嬌美，此時實在令人銷魂。

▼我想起昔日在青門的堤外，粉香的杏花每天都被送別的人摘得零亂不已。無奈今晚杏花卻寂寞地飄下它的淡紅色花瓣。

83 山花子・春恨

陳子龍

楊柳迷離曉霧中，杏花零落五更鐘。
寂寞景陽宮外月，照殘紅。
蝶化彩衣金縷盡，蟲銜畫粉玉樓空。
惟有無情雙燕子，舞東風。

▼在清晨的白霧中，楊柳的身影迷離難辨，杏花在五更鐘時凋落。寂寞的景陽宮外，明月照著落花。

▼貴族的金縷彩衣都化成蝴蝶，一件也不剩了；在空蕩蕩的華麗樓閣裡，蟲兒銜著掉落的畫粉。只有一雙無情的燕子，乘著東風飛舞著。

84 訴衷情・春遊

陳子龍

小桃枝下試羅裳，蝶粉鬥遺香。
玉輪碾平芳草，半面惱紅妝。
風乍暖，日初長，裊垂楊。
一雙舞燕，萬點飛花，滿地斜陽。

▼女子在小桃枝下試穿羅裙，蝶翅上的粉屑在跟女子比賽誰留下的香氣最香。

▼華麗馬車的輪子碾平了地上的芳草，從窗口露出的半張臉令女子惱怒。

▼風突然變暖，日照剛開始變長，垂楊的枝條搖曳擺動著。

▼一對飛舞的燕子，萬點飄飛的落花，滿地都是斜陽照射下的光影。

85 秋柳（四首）

王士禛

・其一

秋來何處最銷魂，殘照西風白下門。
他日差池春燕影，只今憔悴晚煙痕。
愁生陌上黃驄曲，夢遠江南烏夜村。
莫聽臨風三弄笛，玉關哀怨總難論。

・其二

娟娟涼露欲為霜，萬縷千條拂玉塘。
浦裏青荷中婦鏡，江干黃竹女兒箱。
空憐板渚隋堤水，不見琅琊大道王。
若過洛陽風景地，含情重問水豐坊。

秋季到來後，哪個地方最令人哀傷銷魂？是落日餘暉下西風吹拂的南京。

昔日春燕參差不齊的飛舞身影，如今只有憔悴的黃昏煙縷的痕跡。

在鄉間小路聽到哀怨的黃驄曲，令人生起憂愁；江南的富貴發祥地，已如夢那般遙遠。

不要迎風聽悠揚的笛聲，但春風吹不過玉門關的哀怨，總是難以論說。

緩慢流動的涼露就快變成秋霜，柳樹的千萬縷枝條在池塘邊拂動。

水岸裡的青荷像是富貴女子的鏡子，江邊的黃竹曾用來製作女兒箱。

我徒然憐憫在南京的水岸大道旁，沒看到任何富貴子弟。

若是經過洛陽風景地，要含著感情再度探訪水豐坊。

·其三

東風作絮糝春衣，太息蕭條景物非。
扶荔宮中花事盡，靈和殿裡昔人稀。
相逢南雁皆愁侶，好語西烏莫夜飛。
往日風流問枚叔，梁園回首素心違。

·其四

桃根桃葉鎮相連，眺盡平蕪欲化煙。
秋色向人猶旖旎，春閨曾與致纏綿。
新愁帝子悲今日，舊事公孫憶往年。
記否青門珠絡鼓，松柏相映夕陽邊。

春風曾經把柳絮吹落撒在春衣上，我大聲嘆息如今蕭條的景物已經不同了。

扶荔宮中的花季已經到了盡頭，靈和殿裡也少有古人了。

相逢的南飛雁子皆是充滿愁緒的伴侶，牠們和悅地告訴西烏不要在夜晚飛行。

往日的風雅灑脫只能問西漢的枚乘，在梁園回首，這個情景已與他向來的願望相違背。

桃根和桃葉全部相連，我眺望整個雜草繁茂的平原，一切都要化成煙霧了。

在秋日景色中，柳樹對著人仍舊輕盈柔順，閨中女子曾把它送給情意深厚的對象。

帝王之子為今日的新愁而悲傷著，貴族子孫回憶著往年的舊事。

你是否還記得京城裡裝飾著珠絡的鼓？如今只見松柏在夕陽下互相映襯。

86 河傳（春淺）

納蘭性德

春淺，紅怨。掩雙環，微雨花間，畫閒。
無言暗將紅淚彈，闌珊，香銷輕夢還。
斜倚畫屏思往事，皆不是，空作相思字。
記當時垂柳絲，花枝，滿庭蝴蝶兒。

▼春意淺淡，連花也帶著怨。女子掩上雙扉門，花叢間下著微雨，白晝清閒無事。女子無言地暗自將淚滴落，心情消沉。香已經燃盡，女子從短暫的夢中醒來。

▼她斜倚著有彩畫的屏風，懷念往事，都不是眼前所見的景象，徒然地寫著相思二字。她記得當時柳絲低垂，枝頭開滿了花，整個庭院裡都是蝴蝶飛舞的身影。

87 醜奴兒慢・春日

黃景仁

日日登樓，一日換一番春色。
者似卷如流春日，誰道遲遲。
一片野風吹草，草背白煙飛。
頹牆左側，小桃放了，沒個人知。
徘徊花下，分明認得，三五年時。
是何人，挑將竹淚，黏上空枝。
請試低頭，影兒憔悴浸春池。
此間深處，是伊歸路，莫學相思。

我每天都登樓賞景，春天的景色每一天都變換一次。
這個如卷雲流去的春日，誰說它很漫長？
野地裡一陣風吹過草原，草背有白煙飛起。
頹圮的牆面左側，有小桃花綻放了，但是沒有人知道。
我徘徊在桃花下，清楚地記得十五歲時的事。
是哪個人挑起眼淚黏上空枝？
請試著低頭看，她的身影憔悴地浸在春池裡。
這裡的深處是她的歸路，不要學人家相思。

88 木蘭花慢・楊花

張惠言

儘飄零盡了，何人解當花看。
正風避重簾，雨回深幕，雲護輕幡。
尋他一春伴侶，只斷紅相識夕陽間。
未忍無聲委地，將低重又飛還。

疏狂情性算淒涼，耐得到春闌。
便月地和梅，花天伴雪，合稱清寒。
收將十分春恨，做一天愁影繞雲山。
看取青青池畔，淚痕點點凝斑。

任憑柳絮全都凋謝飄落，有誰能夠明白，把它當成花來看待？
正好風可以躲在重簾裡，雨滴能回到深幕下，雲護衛著輕幡。
柳絮想要尋找可以共度春天的伴侶，卻在夕陽間與落花相識。
它不願意無聲地掉落地上，在將要落低時又重新飛起。

柳絮有著豪放的本性，就算淒涼，也能夠承受這一切到春天的盡頭。
因此，它與月光下的大地和梅花，伴著雪花的天空，一起稱為清寒一族。
它收下所有的春恨，化做一天的愁影，繞著雲山打轉。
看那青青的池畔，離人的點點淚痕都化成凝斑了。

89 鵲踏枝・過人家廢園作

龔自珍

漠漠春蕪春不住。藤刺牽衣，礙卻行人路。
偏是無情偏解舞，濛濛撲面皆飛絮。
繡院深沉誰是主，一朵孤花，牆角明如許。
莫怨無人來折枝，花開不合陽春暮。

▼園子裡雜草叢生密布，春天卻不停留。那些伸出的藤刺總是牽拉住人們的衣服，阻礙了行人的去路。
偏偏是無情物最懂跳舞，迎面飛來的全是濛濛的柳絮。
▼誰是這座深邃隱密的錦繡庭院的主人呢？一朵孤獨的花兒開在牆角，如此鮮明悅目。
不要怨怪沒有人來折花枝，因為花不該在這溫暖春天的盡頭才開花。

90 柳梢青（芳草閑門）

蔣春霖

芳草閑門，清明過了，酒滯香塵。
白楝花開，海棠花落，容易黃昏。
東風陣陣斜曛，任倚遍紅闌未溫。
一片春愁，漸吹漸起，恰似春雲。

▼芳草蔓生，門前清閒無人，在清明過後，我酒醉不醒，塵土上充滿落花香。
白楝花開了，海棠花已經凋落，每一天總是很容易就到了黃昏時刻。
▼陣陣東風吹來，夕陽斜照，任由我倚遍紅欄杆，仍未感到溫暖。
一片春愁被東風吹得逐漸興起，就像春雲那樣逐漸凝聚。

91

金縷曲（花信匆匆度）

俞樾

花信匆匆度。算春來瞢騰一醉，綠陰如許。
萬紫千紅飄零盡，憑仗東風送去，更不問埋香何處。
卻笑癡兒真癡絕，感年華寫出傷心句。
春去也，那能駐。

浮生大抵無非寓。慢流連鳴鳩乳燕，落花飛絮。
畢竟韶華何嘗老，休道春歸太遽。看歲歲朱顏如故。
我亦浮生蹉跎甚，坐花陰未覺斜陽暮。
憑彩筆，綰春住。

▼花信風匆匆過去了，我料想春天的到來就像朦朧迷糊的一場酒醉，此時的綠蔭已經如此濃密。萬紫千紅的繁花凋謝飄落光了，憑靠春風送走，也不問這些香花被埋在何處。我笑女兒真是不合流俗的癡人，有感於年華變換而寫出傷心的詩句。春天已經離去，哪能停留。

▼人生不外乎是寄居於此世，別急著留戀鳴鳩乳燕和落花飛絮。畢竟春光未曾變老，別說春天回去得太快。你看，每年春日的容顏仍然跟以前一樣。我這一生也太過虛度光陰，坐在花叢陰影處，沒感覺到斜陽將盡。憑藉富麗的文筆，把春天繫住。

92 玉樓春（梅花過了仍風雨）

鄭文焯

梅花過了仍風雨，著意傷春天不許。
西園詞酒去年同，別是一番惆悵處。
一枝照水渾無語，日見花飛隨水去。
斷紅還逐晚潮回，相映枝頭紅更苦。

▼梅花的季節都過了，仍然下著風雨，就算我刻意要傷春，上天也不允許。在西園裡聚會的詞和酒，都與去年相同，卻另有一番令人惆悵的地方。
▼一枝梅花照著水面，完全不發一語。白天，它看著落花飛下隨流水而去。但這落花還追逐傍晚的潮水返回，枝頭上的花與落花相互照映，讓人更覺得苦楚。

93 蝶戀花（柳外輕寒花外雨）

況周頤

柳外輕寒花外雨，斷送春歸，直恁無憑據。
幾片飛花猶繞樹，萍根不見春前絮。
往事畫梁雙燕語，紫紫紅紅，辛苦和春住。
夢裏屏山芳草路，夢回惆悵無尋處。

▼柳樹外圍充滿輕微的寒意，花叢外圍下著雨，竟然如此沒有憑據地就把春天推送回去。有幾片飄飛的落花仍然繞著樹，在浮萍的根部看不到之前春天的柳絮。
▼畫梁上的雙燕正在聊往事，牠們讓紫花更紫、紅花更紅，辛勤勞苦地和春天一起停留。我在夢裡看到屏山上的春天芳草路，從夢中醒來後卻惆悵於無處可尋。

94

蝶戀花（閱盡天涯離別苦）

王國維

閱盡天涯離別苦，不道歸來，零落花如許。
花底相看無一語，綠窗春與天俱暮。
待把相思燈下訴，一縷新歡，舊恨千千縷。
最是人間留不住，朱顏辭鏡花辭樹。

▼我經歷完了身在天涯的離別之苦，沒想到回來後，看到凋落的花兒如此之多。我在花下看著這一幕，不發一語，綠窗外的春季和白天都要結束了。

▼我打算在燈下傾訴相思之情，但一點點新的歡樂，卻會勾起許多舊有的愁恨。人世間最留不住的，就是離開鏡面的青春容顏，還有離開樹的落花。

國家圖書館出版品預行編目(CIP)資料

賞讀書信一・古典詩詞花園(增修版):唐至清代繁花盛開一一五首/夏玉露作. 一二版. 一新北市:朵雲文化出版有限公司, 2021.11

272面;14.5*20公分

ISBN 978-986-98809-2-3(平裝)

831　　110013782

iP01b

賞讀書信一・

古典詩詞花園(增修版)

唐至清代繁花盛開一一五首

作　者―夏玉露
封面插畫―潘麒方
內頁插畫―luluanta
美術設計―王美琪

出版總監―鄭宇雯
主　編―洪禎璐

出　版　朵雲文化出版有限公司
地址:新北市中和區景新街496巷39弄16號3樓
電話:(02)2945-9042
信箱:cloudoing2014@gmail.com

總經銷　大和書報圖書股份有限公司
地址:新北市新莊區五工五路2號
電話:(02)8990-2588
傳真:(02)2299-7900

初版|2021年11月　定價|330元　ISBN|978-986-98809-2-3